云没有回答

雲 は 答 え な か っ た

KORE-EDA
HIROKAZU

〔日〕 是枝裕和 —— 著

赵仲明 —— 译

北京联合出版公司

Beijing United Publishing Co.,Ltd.

图书在版编目（CIP）数据

云没有回答 /（日）是枝裕和著；赵仲明译 . —北
京：北京联合出版公司，2021.6
ISBN 978-7-5596-5164-8

Ⅰ.①云… Ⅱ.①是… ②赵… Ⅲ.①长篇小说—日
本—现代 Ⅳ.① I313.45

中国版本图书馆 CIP 数据核字（2021）第 053256 号

北京市版权局著作权合同登记 图字：01-2021-1461 号

云没有回答

作　者：〔日〕是枝裕和
译　者：赵仲明
出 品 人：赵红仕
责任编辑：牛炜征

北京联合出版公司出版
（北京市西城区德外大街 83 号楼 9 层　100088）
三河市冀华印务有限公司印刷　新华书店经销
字数 165 千字　880 毫米 ×1230 毫米　1/32　7.5 印张
2021 年 6 月第 1 版　2021 年 6 月第 1 次印刷
ISBN 978-7-5596-5164-8
定价：48.00 元

序 言

　　人们常说，无论电影还是小说，作家的一切都融汇在他的处女作中。如果这一观点正确，那么对我来说，所有一切显然不在我的电影处女作中，而在这部《云没有回答》的作品中。

　　这部纪实作品，是在 1991 年 3 月 12 日富士电视台深夜栏目"NONFIX"[1]播放的电视纪录片《可是……抛弃福祉的时代》的基础上，加上播放后几经采访的内容写作完成的。

　　由我自行策划，并且第一次以导演身份取材，制作成 60 分钟的长节目播放，这一过程经历了诸多艰辛。最重要的是，对于这类"社会派"题材我没有采访的经验，在大学里也从未专业学习过新闻报道方面的知识，初出茅庐的我，当时恐怕对什么是采访都缺乏理解。

　　今天重读 20 年前所写的文章，勾起了我对一些往事的回忆。为了了解这部纪实作品中的核心人物——精英官僚山内丰德的自杀事件，我打算采访当时水俣病诉讼案的情况，于是前往当时的环境厅宣

---

1. 始于1989年10月的不定期纪录片栏目，"NONFIX"为"不固定"之意。——译注

传科，提交了要求采访的计划书。接待我的工作人员表现得格外热情。然而几天后，当我打电话去确认时，他的态度发生了一百八十度的转变。

"我们拒绝采访。"他开口道。

"为什么？"我反问。

他这样回答我："你不是电视台的人，我们没有义务接受你这种承包商的采访。"

他说完挂断了电话。之后，我又接到了电视台报道局工作人员的来电，对方叮嘱道："如果承包商擅自行动，会给我们添乱的。"

隔着听筒，我分明感觉到了环境厅官员说"承包商"这个词时有意带上了侮辱我的情绪，现在回想起来内心不禁涌起强烈的愤慨，但在当时我却怀着与愤慨全然不同的心情放下了电话。

"果然……我不是记者啊！"

如果不是因为能力，而是因为立场和身份，从一开始我就被排除在了隶属记者俱乐部并以国民"知情权"这种冠冕堂皇的理由从事采访活动的团体之外，那么，我究竟凭什么才能将摄像机和话筒对准我的采访对象？我一边在内心追问自己的存在意义这类犹如青春期烦恼一样的根本性问题，一边推进之后的采访。这是多么无情的人生起航啊。然而，对于这一追问，我却出乎意料地从采访对象那里得到了答案。

为了了解山内丰德这一已经不存在于世上的人物，必须想方设法采访他的夫人，我想。当然，我并不打算为了让她用语言表达丧夫之痛而将摄像机和话筒对准她。我希望她用山内最亲近的妻子的眼光，来讲述山内为福祉行政事业所做的真挚努力及其所经历的挫折。

我前往位于町田的山内家拜访。在被带到玄关旁边的榻榻米房间后，我口齿不清地结巴着说明了采访宗旨，没有半点自信。

（这种状态，就算遭到拒绝我也无话可说……）

我记得当时自己狼狈不堪，嘴上说着话，内心却已经放弃了一半。然而，从山内夫人口中说出来的话却出乎我的意料。

"虽然丈夫的死对我来说完全是私事，但是，如果站在他的立场思考，他的死也具有公共性意义。想到这一点，我觉得由我来谈论丈夫从事的福祉事业，应该是他所希望的。"

她的视线一直没有离开自己的手，她怀着坚定的意志接受了我的采访请求。这便是一切的开始。

对于当时出自她口中并成为我采访理由的"公共性"一词，即便在已经过去了 20 年岁月的今天，我依然在不断思考。我身处电视台外围，从事节目制作工作，这次采访成了一种契机，让我认识到该工作的意义，也是我人生中与他人的一次不期而遇。

既然人无法独自活在世上，那么生活的一部分就总是具有"公共性"，个体开放式地存在于"公共性"中。影视放送这种媒体，以及采访这种行为，正是为了个体在那个称为"公共"的场合和时间中与他人相遇，并在时有的反复冲突中变得成熟而存在。

我们不需要使用"权利""义务"等意味繁杂、一厢情愿的辞藻。仅就"影视放送"而言，姑且不论是否真心，从事这一工作，意味着无论是制作人还是影视机构，抑或是演员、出资的赞助人、屏幕前的观众，所有人都将它视为遇见他人的契机，令"公共圈"变得成熟，并参与到建设多元化价值观和生活方式共存的社会这一行动中去。从结果上来看，不可否认，其颇受欢迎。

28 岁的我，当然不是在进行了如此深入思考之后才完成节目制作的。但是，无论是电视节目，还是之后几经采访并出版的纪实作品，我都力图建立"社会性"意识，避免渲染精英官僚自杀的轰动性主题，无疑这种意识发挥了作用。

尽管如此，在我自己行将到达山内自杀身亡的 53 岁这一年龄的今天，重读这部著作，最具感染力的描写，不是围绕具有"公共性"的福祉事业的部分，而是夫妻关系这一纯属个人生活的部分。当我觉察到这一点时深感惊诧。这对夫妇是如何相遇的，是如何同舟共济、同甘共苦、生离死别，并且最后道别的。在纪录片播出之后的多次采访中，我目睹了遗孀山内夫人疗伤的过程。恐怕作为疗伤的一环，夫人所倾诉的那犹如口头记录般再现的夫妇的姿态，才是这部作品的核心吧。（我想在此说明，这部著作不是我创作的，我只是倾听了山内夫人的叙述，驱动了一下笔杆而已。不是谦虚，是事实。）对这部纪实作品中出现的计划外的事态如何进行评价也许存在意见分歧，但是无论好坏，其中的描写无疑是使这部作品脱离社会派纪实作品框架的理由，我想。

我不喜欢用"主题""信息"这类词来谈论或被人谈论作品。这是因为我在电影创作时总是在思考，能被这种概念定义的作品，对人本身的描写一定很弱。人不是为故事和主题而存在的。正如我们的生命那样，只是作为生命自然而然地存在。我之所以想在自己的电影中描写那样的人物，也许是因为我在这部纪实作品中与这对夫妇的不期而遇，无意中成了让我那么做的一个间接理由。这么来看，的确，作家的处女作中融入了作家的一切。

这部《云没有回答》，1992 年以《可是……某福祉高级官僚走向死亡的轨迹》的书名出版，2001 年更名为《官僚为何选择死亡 理想与现实之间》并出版，它是我的第一部著作。

20 多岁所写的纪实作品，经过 22 年第三次得以出版，对于作者而言真是难得的幸福。

借此机会，我对促成本书出版的编辑堀香织女士、决定出版本书的 PHP 研究所的根本骑兄先生表示诚挚的谢意。他们的热情给予了我力量，我衷心希望本书能够得到更多读者的青睐。

2014 年 1 月 15 日

电影导演 是枝裕和

目 录

Contents

目 录
Contents

序章

遗书

1990 年 12 月 5 日上午 8 点 30 分。

环境厅长官北川石松乘坐的日本航空 393 航班从羽田机场起飞，前往鹿儿岛机场。北川等环境厅有关人员此行的目的地是熊本县水俣市。北川作为第五位对水俣病灾区进行实地视察的环境厅长官，与上一次长官视察已时隔 11 年。

是年 9 月 28 日，在针对水俣病事件追究政府和企业责任的诉讼案中，东京地方法院提出了庭外和解劝告，被告人熊本县政府以及涉案企业窒素公司，表明了接受庭外和解劝告的态度，与此相反，日本政府却顽固地表示拒绝接受。而患者以及媒体的指责主要集中在该诉讼案中代表日本政府的环境厅身上。北川对水俣的视察是匆忙中做出的决定，它反映了诉讼案的经过和社会舆论。

以北川为首的 19 人的视察团，行程安排得十分紧凑：鹿儿岛县知事、熊本县环境公害部长等人在机场迎接，随即驱车赶往熊本县；中午 12 点，参观水俣湾填海地区；下午 1 点 35 分，访问水俣病患者生活的明水园；下午 3 点，北川亲自接受患者代表提交的申诉状，之后举行记者见面会；下午 7 点，与细川护熙知事恳谈。

12 月 5 日上午 10 点。

正当视察团搭乘的飞机快要降落在鹿儿岛机场时，一名环境厅官员在东京都町田市药师台自杀了。山内丰德，53 岁，企划调整局长。他作为水俣病诉讼案中的官方负责人，一直在为拒绝和解一事辩白。

山内在二楼自己的房间里，将一根电线绕过房梁，上吊自尽。

就在前一天，山内还计划随同长官视察水俣，12 月 4 日刚过正午，他打电话到办公室说"我太累了，想休息一段时间"。事务次官安原正和官房长森仁美商量后决定，取消了山内的随行工作，让他在家中休养。

第一个发现山内的是知子夫人，48 岁。发现时间为下午 2 点，距死亡推定时间已经过去 4 个小时。

接到局长自杀消息的北川，在熊本县的记者见面会上发表了如下谈话：

"我实在难以相信。我祈祷他的在天之灵安息。包括水俣病在内的一连串的环境问题，让我内心十分沉痛。"

在环境厅紧急举行的记者见面会上，事务次官安原说：

"我知道他很累。他处理了很多棘手问题。但是，（对于自杀动机）我没有任何头绪。"

企划调整局长是环境厅中仅次于事务次官的厅内二把手。自 1990 年 7 月 10 日山内就任这一职位以来，为了解决如长良川河口堰、石垣岛新机场建设等环境厅负责的诸多问题，他在各省厅间进行协调、斡旋，与政治家及大臣交涉，代表环境厅与媒体打交道。

9月28日，在东京地方法院就水俣病诉讼案提出庭外和解劝告以后，山内作为为拒绝和解立场辩护的国家方面的负责人，受到了患者和媒体的批评，成为众矢之的。进入10月，因忙于应对来自熊本、福冈等地法院接二连三的庭外和解劝告以及突然决定的北川长官视察水俣的准备工作，他顾不上回家，不是住在东京都内的商务酒店，就是在局长室的沙发上假寐，这样的状态每天都在持续。

12月6日，报纸的社会版面在头条位置报道了被视为下任事务次官候选人的精英官僚自杀身亡事件，对于自杀原因，报纸是这么提及的：

受"水俣行政"的夹板气

为救助政策操心过度

来自拒绝庭外和解劝告的巨大压力

——《朝日新闻》

厅内协调左右为难？

——《读卖新闻》

穷于应对和解劝告？

始终处于批判的风口浪尖

——《日本经济新闻》

成为舆论孤独的靶心
因拒绝和解遭遇批判的火力
身心俱疲选择"死亡"

——《产经新闻》

相关人士认为可能因工作过度疲劳而冲动性自杀

——《每日新闻》

环境厅方面相关人员以及媒体的看法，大多为山内由于长期以来身心疲惫而产生自杀冲动。

他是否留下遗书？

《每日新闻》报道："名片背面有一行潦草的小字'感谢家人'。"对于遗书的报道，其他报纸的内容也几乎相同。

放在写字台上的名片背面写着"谢谢你们"

——《朝日新闻》

名片背面有写给家人的一行草字"谢谢你们"

——《日本经济新闻》

12月8日。

在中野区的宝仙寺举行了告别仪式，1200名相关人士参加了该仪式。

告别仪式上，山内的高中同学致悼词，悼词中引用了山内写的一首诗。

遥远的窗户

我心中拥有的遥远窗户

总有一天

我想从这扇窗户

向外眺望

总有一天

虽然这个词听来有些凄凉

啊啊　遥远的窗户

山内君，你喜欢高中时代所写的这首诗，你不也说过念给知子听？遥远的窗户，是年轻时候的你内心所拥有的憧憬吧。在你走向死亡之前，你走近那扇遥远的窗户了吗？你从那扇窗户向外眺望了吗？我想你一定没有。窗外的那份宁静、信赖，我感觉在你发现它们之前，你已经远去了。山内君，作为高官，你走的是令人羡慕不已的飞黄腾达之路。但是，你在身为官僚的同时，依然追求做一个纯粹的人。我想，这让你的人生危机四伏。[1]

事实上，环境厅隐瞒了一件事，即山内在留给家人的遗书之外，还留下了另一份遗书，这在事件发生后完全没有披露出来。

> 安原次官　我无法表达我的万分歉意
> 森官房长　给各位添麻烦了

在海外出差用的名片背面，他用黑圆珠笔写下遗言，和留给家人的遗书一起并排放在二楼自己房间的写字台上。

山内自 1959 年进入厚生省以来，始终奔波在福祉工作的第一线。1966 年，他所属的厚生省公害科为制定公害对策基本法竭尽了全力。该基本法堪称社会重大问题的公害行政的"圣经"。之后，他被派往埼玉县担任福祉科长，后再次调回厚生省，历任残疾人福祉科长、社会局生活保护科长等职。厚生省时代，他还将自己对福祉工作所做的考察写成了著作出版，作为福祉行政的专家为人所知。1986 年，他被调往环境厅后，致力于解决诸如冲绳县石垣岛白保的新机场建设、长良川河口堰建设、全球变暖等与地区开发及地区居民生活相关的难题。

福祉、环境行政常常受到来自为企业和经济界代言的通产省等机

---

1. 《环境公害新闻》，1990年12月12日刊。

关的巨大压力，这被公认为无法摆脱的宿命。就如本次为了水俣病诉讼案，他忙于和其他省厅交涉，连续多日工作到深夜只能住进商务酒店，这对于山内来说就是家常便饭。他是 30 多年来一直担任困难角色的专家型官僚。

山内的死不是冲动型自杀。

另一份遗书上写的"歉意"和"添麻烦"意味着什么？

山内为什么非要在 53 年人生的最后一刻写下向上司道歉的词句？

在他依然追求做一个纯粹的人时，将他的人生变得危机四伏的"官僚"究竟是怎样的职业？

对于这些疑问的回答，隐藏在无法用"官僚"二字盖棺论定的山内丰德这一人物 53 年的生涯中。进而，寻找这一答案，本质上是和发出当下时代是否存在福祉的疑问联系在一起的。

第一章

记
忆

山内丰德和妻子知子于 1968 年结婚，有两个女儿。长女知香子短期大学毕业后马上就工作了，次女美香子上高三，准备参加第二年的大学升学考试。

山内一家居住在东京都町田市多摩丘陵的新兴住宅区药师台。从小田急线町田站乘十五分钟大巴，在药师池公交站下车后再步行四五分钟就到了，他家的住宅是独栋的木结构两层楼房。

三年前即 1987 年 3 月，一家四口从位于世田谷的公务员住宅搬来町田。新居距离环境厅所在的霞关，电车往返需三个多小时。一心扑在工作上的山内，之所以最终选择全家在通勤如此不便的地方落脚，似乎有他自己的理由。

1989 年 6 月 12 日，当时就任环境厅自然保护局长不久的山内，在名为《化学》的行业报上发表了一篇随笔，标题为"亲近被遗忘的土地"。他在文中谈到了位于町田的家。

　　自从开始在东京生活，"土地"以及作物的世界就急速远离我的生活。不用说学生时代，甚至走上工作岗位以后，也完全没有关注过土地，在居住条件上，从未追求拥有和土地亲近的农田或花园的环境，就这样一直过了下来。

都市生活三十余年未接触"土地"所留下的空白，实际上因为拥有了现在的住宅而得到了些许填补。

在町田居住已经第三个年头了，虽然对每天清晨出门和下班回家各接近两个小时的通勤拥挤状况不能说完全习以为常了，但是，在公交站前等车回家的疲惫感，也在住宅附近下车后所走的几分钟的夜路上逐渐消退，体内仿佛注入了营养剂。

夜路上，不同季节的花草和土地散发着香味。我感觉那是很久以前祖父的呼吸，唤醒了我少年时代的温馨记忆，这让下班回家的身心得到了治愈。

然而，山内自己写下的"温馨记忆"中的少年时代，并不如他所说的那么温馨。山内丰德于1937年1月9日出生于福冈县福冈市野间，父亲名为丰麿，母亲叫寿子，他是家中的长子。山内家是佐贺的武士家族，历代都在所生男孩的名字中起一个"丰"字。父亲是职业军人。丰德出生的当年11月，就和母亲一起搬至父亲的驻地东京都中野区仲町，在那里度过了婴幼儿时期。之后，举家回到福冈，1943年4月，丰德进入市内的高宫小学。

父亲经常不在家，因此在丰德的记忆中没有多少父亲的片段。喜欢写文章的丰德，他的日记和随笔中几乎没有父亲的登场。不过，在他整理的文件盒中，珍藏着和父亲记忆有关的一些纸片。

其中有一张是 1943 年 8 月 7 日对山内丰麿宪兵少佐前往广岛赴任的报道。"奢侈是敌人"的标题旁印着一张架圆框镜、嘴边留胡须的丰麿的半身像，以及他前往赴任的决心书：

"虽然我第一次去中国地区 [1]，对情况一无所知，但那里被称作军都，有着特殊重要的地位。"

根据福冈的高宫小学保存的记录，丰德于 1943 年进入该校，第二年的 3 月 31 日转出，之后搬至父亲工作的广岛，一年后的 1945 年 4 月 1 日，再次回到福冈。丰德在广岛的生活有很多模糊点，具体情况不详。从他本人留下的笔记来看，他转入过广岛市中区的基町小学，可是当时不存在名为基町的小学。1944 年前后，基町周边共有本川、袋町、白岛、帜町四所小学，全都在丰德从广岛的小学转出四个月后遭遇原子弹轰炸，四所学校都没有留下当时的记录。

父亲丰麿于 1944 年 6 月 3 日从日本广岛出发，丰德于第二年搬至祖父母居住的福冈市崛川町，这里就是他在随笔中提到的度过温馨少年时代的地方。

山内的文件盒中留着八张父亲寄来的明信片。

丰德十一月九日落款的来信收悉。那段时间刚好转战各地，所以没有马上回信。爸爸的病已经痊愈，请放心。丰德看上去也

---

1. 中国地区，指日本本州岛西部由五个县组成的地区。——译注

在精神饱满地上学，爸爸也要抓紧学习，不能输给丰德。你脚上的脓疮也在爷爷的照料下有了好转，再好不过了。爸爸也会给山下的叔父写信道谢，丰德也写一封信去吧。是追幸七曹长大人。爸爸很担心奶奶的胸痛，丰德也尽力帮忙照顾好奶奶吧。请听爷爷奶奶的话，遵从学校老师的教导，认真学习。爸爸也在努力学习。天气渐冷，多保重身体。再见！

（昭和 19 年 [1] 12 月 7 日）

大家还好吗？和喜子她们好吗？丰武叔父那里有消息吗？锻炼身体，磨炼意志，务必成长为优秀的国民。向爷爷他们问好。

（昭和 20 年 8 月 9 日）

丰麿在这些明信片中反复提到祖父母，却只字未提自己的妻子，即丰德的母亲寿子。

寿子在丰麿出征后被赶出了山内家，具体时日不详。理由似乎是"不配留在山内家"，具体情况不清楚。丰德成人后也缄口不提母亲的事，他从不主动开口谈论母亲。

和父亲有关的最后一张纸片，是告知父亲阵亡的死亡通知书。

---

1. 昭和元年为1926年，昭和19年为1944年，下文请类推。——译注

陆军宪兵中佐　　山内丰詹

　　上述人员于昭和二十一年四月二十一日上午零时五分在第一五七兵站医院阵亡（因胰腺坏疽兼疟疾阵亡），特此通知。

　　丰德有一张身着"国民服[1]"的照片，背景是挂着父亲遗像的祭坛。他当时9岁。头部习惯性向右倾斜的丰德，在这张照片中也不例外。脑袋倾斜的角度，与44年后安放在葬礼祭坛上的山内遗像不谋而合，不禁令人莫名生悲。

　　丰德曾经生活过的福冈市崛川町的大宅院，正对着名为"昭和通"的大马路，房子后面有900多平方米的农田。祖父母在农田里种植南瓜、茄子等蔬菜，还有种植大丽花和孤挺花的花圃。到了夜晚，为了防止有人偷蔬菜，丰德和祖父两人会屏气凝神地看守农田。

　　祖父丰太对丰德十分严格。丰德每天从小学放学回家后，祖父还要教他学习汉字。同学来邀丰德玩棒球，也常常被祖父拒之门外。同学们一起玩泥巴做游戏时，也只有丰德一人在边上呆望着，不能加入。

　　那时丰德喜欢读书，但只要祖父发现他在读小说，就会一把将书夺走。他无计可施，只能趁祖父不在家时，翻出姑姑藏在衣柜抽屉里衣物下的小说，偷偷阅读。

　　就这样，在丰太这一绝对强权者的巨大影响力下，丰德作为继

---

1. "二战"时期日本男性所穿的标准服装。——译注

承山内家族"丰"字的男子汉，肩负着家族的期待，度过了他的少年时代。

祖父和祖母，无论说到什么，都会用丰德的父亲来举例。他们一方面对孙子唠叨自己儿子多么优秀、多么出色，一方面将在儿子身上未成就的希望寄托在孙子身上。也许是对英年早逝的儿子的痛惜让他们变成了这样。丰德心中对父亲的记忆被美化了，游离于现实之外的父亲形象在他脑海里不断膨胀。于是，肉眼看不见的压力聚集在丰德的体内，他的精神上。

这是后来山内自称为"温馨记忆"中的少年时代所拥有的另一面。

日本战败后，从广岛回来的丰德，在家附近的春吉小学上学。

丰德有一张当时的班级集体照。班主任老师坐在中央，六年级1班的55个学生在校门口排成前低后高的阵形。男孩子几乎全是寸头，身穿黑色或茶色的国民服；女孩子则是清一色的波波头，身着各种套头毛衣或开衫，或校服。

学生们整齐划一地将双手放在膝盖上，非常注意自己的姿态。只有丰德一人夹在他们中间，学着老师的模样两手交叉在胸口，格外显眼。班长徽章上的两颗星星在他胸前闪着光亮，他依旧是脑袋右倾，这一倾斜度看上去十分从容。他的表情远比其他孩子显得成熟。

这个班里也有从中国来的孩子，也有几个本来应该是高一年级的同学，即便在这些同学中，丰德看上去还是比他们老成。换一种贬义的说法，他身上没有一丁点儿孩子气。他身材瘦小，但聪明伶俐，出类拔萃，在年级里很受同学们仰视，班主任老师也对他另眼相看。尽管如此，他从不嘲笑那些学习成绩不好的同学，他的同学们说，从那个时候起，他身上就散发着人格高尚者的气息。

丰德在这个小学中，经历了几次重要的邂逅。

小学六年级时，担任丰德班主任的是一位名叫牧野宪亲的年轻教师。牧野热爱文学，自己还有个俳号[1]：川舟。他在课堂上定期举办俳句创作会，积极指导孩子们创作俳句。

> 五月雨中　撤侨船只　汽笛声远

这是被评为第二名的丰德的作品。由于该作品，牧野为丰德起了一个俳号——秀山，之后的一段时间里，丰德迷上了俳句创作。

当时的俳句会上，获得第一名的是和丰德关系非常亲近的森部正义。森部和丰德一样喜欢文学。那年秋天，森部写的文章登上了少年杂志的文艺栏目。丰德就是在这件事的刺激下，也开始了诗歌创作。

除了遇到牧野和森部，令丰德热衷文学的最大原因是与三好达治的邂逅。

悠闲的午前

看啊　这棵枝干高耸的榉树上依然枯黄的树梢

---

1. 俳号，俳句诗人用的笔名。——译注

树梢的细枝编织而成的网眼前方

季节的生命也已悄然涌动

宛如屏住呼吸的一群安静的孩子

那些让人目不暇接的稚嫩的枝芽

用胳臂肘抵着胳臂肘，正用它们的语言

开始窃窃私语

日光透过树枝照落在草地上　春天也在斑驳的线条中时隐时现

浅水中芦芽嗖嗖冒出尖角

长久沉浸在悲愁中的人们　当春天带着希望回来时

也怀揣新的勇气和梦想

春天又是扬帆起航的快乐季节

云雀和燕子就要从遥远的国度归来

在我们头上起舞欢唱

野堇菜　蒲公英　蕨菜和甘草和竹笋　蝴蝶和蜜蜂　蛇和蜥蜴和青蛙

不久也将倾巢出动　点燃烈日的松明蜂拥而至

啊啊　旺盛的春天在四面八方露出端倪

犹如肉眼看不见的晨露四散在悠闲的午前

来自遥远天空深处的　不辨方位的乌鸦的啼鸣声

也似独一无二的暧昧　如梦想　如真理

绕着白云披肩的山丘传入耳帘

啊啊　季节中的这一温柔时节　我在如此悠闲的午前思考着

——人生哟 永远停留在这一刻吧！

这首诗收录在三好达治的诗集《一点钟》中。丰德特别喜欢登在语文教科书上的这首诗，它吸引着丰德靠近达治的世界。

三好达治，1900 年出生于大阪。6 岁曾被送至京都给人当养子，后被住在兵库县的祖父母抚养，整个少年时代都是和父母分开的。8 岁那年，达治患上了精神性疾病，备受死亡和孤独感的折磨，休学了很长时间。之后，他一度回到父母亲身边。父亲因经营的印刷厂破产而离家出走，从此杳无音信。达治升入东京大学法国文学科，通过俳句走进了文学世界。

在这个和自己有着相仿少年时代经历的诗人的影响下，丰德也开始写诗，不断向少年杂志或报纸的文艺专栏投稿。就在快要小学毕业的 1949 年 3 月，少年杂志《少国民俱乐部》的"爱读者文艺专栏"的栏目中刊登了丰德的诗歌——《声音》。

孩子们追逐洋片笛声时的木屐声

在秋天的高空中回荡

不一会儿变得听不见了

不知从哪个方向传来

木工敲击榔头的声音

摇曳着对夏天恋恋不舍的梧桐树梢

柳树的枯叶掉落在地上

升入福冈当地男子学校——西南学院中学的丰德，继续潜心诗歌创作。

中学时代，丰德的绰号是"牧师先生"。西南学院是耶稣教系统的学校，会教授《圣经》的课程。据说往返学校途中，丰德总是在全神贯注阅读《圣经》，见此状，同学们便开始这么称呼他。

雷阵雨前夕

远处雷声轰鸣
树丛的战栗跃入耳际
眼前的乌云
以无穷的力量　压迫着视线

宛如什么东西在示威行进
灰色的紧张感……
尽管如此　事实上战战兢兢的大树们
仍掩饰不住等待的欢喜

很快树丛重重地打了个寒战
死了心似的伫立在那里

只有顶端的树叶
在终于迫近的雷鸣声中时不时地微微颤抖

这是丰德上中学三年级时的作品。

这一时期的诗歌，大多是待在自己的卧室里眺望窗外景色、倾听远方声音的情景诗。

1952 年，升入福冈当地名校——县立修猷馆高中的丰德，加入了文艺部，开始正式投入创作。

38 年后，在山内的告别仪式上宣读悼词的，正是同为修猷馆高中文艺部的伊藤正孝（《朝日新闻》编辑委员）。伊藤在悼词中所引用的《遥远的窗户》，是丰德用"山内遥云"的笔名发表于 1952 年 5 月 26 日《西日本新闻》"读者文艺栏"中的诗歌。

从这个笔名中也能充分感受到，这一时期，山内创作的核心主题是"云"。除了诗歌，从他的创作笔记中也能见到很多以"云"为题材的习作片段。将这些片段放在一起便能发现，山内的心中，云是和父亲、父亲死亡的意象联系在一起的。

> 最近常常想到父亲的死。接到死亡通知时，毫无理由地，就是难以置信。这种感觉重新出现在我脑海里了。
>
> （1953 年 7 月 26 日）

> 没有比夏天更让人感到悲哀的季节了。夏天的云很悲伤。
> "虽然战争结束了不再有空袭，但父亲所在的地方，夏天很炎热。
> "从爸爸居住的帐篷里也能看见云。

"夏天的云，白色的云。

"天气炎热，爸爸的病不见好转。

"粮食紧张，身体消瘦得无法接受手术。"

总是写长信给我的父亲只在明信片上写了五行字，我收到此信是战争结束后的第二年夏天。（未完）

战争结束后的夏天，我父亲死去前一天在帐篷中写下的明信片最终没有寄出，而是由第二年归来的军医交到了我手中。这位军医是第一个告诉我家人父亲死讯的人，很快便来了官方通知，但我对父亲的死讯却无法相信。除了明信片，军医还带来了马刺和马鞭等父亲的遗物，但我只当看见了一堆破烂，我看着母亲把它们收在〇〇〇。

"爸爸还不知道我已经能读汉字了，不必再写片假名了。"

我手里握着明信片告诉军医。

"当时你父亲痛苦不堪，不写片假名的话写不了字。"

军医考虑到我和母亲的心情，有所顾虑地解释道。但不相信父亲已死的我听不进他说的话。

夏天几度去而复来，我开始变得为夏天的云感到悲哀。并且我逐渐明白了那种情不自禁涌上心头的悲哀是和父亲最后的遗言联系在一起的。

（中略）

无论对父亲还是对其他任何人而言，虽然是战败，但战争结束注定给人带来安心和希望。然而从那一刻起，开始跌入深渊的父亲的孤独情绪会是怎样的？

我想象着，父亲死去的那个地方的夏天的云在空中翻卷。从朝彦伫立的地方可以望见优美宁静的大海，但对于朝彦而言，那里面装满了无法用语言形容的孤独的焦躁。

"能看见云　夏天的云　白色的云"

(1953 年 8 月 5 日)

我们不清楚这些创作笔记，有多少是根据山内亲身经历的父亲之死以及获知父亲之死这一消息的经过写下来的。

父亲所写的"夏天的云"这张明信片现并不存在。

从死亡通知书来看，丰麿去世的日期是昭和 21 年 4 月 21 日，因此，创作中出现的"死在夏天的父亲"与现实中的父亲死亡时间并不一致。

接到父亲的死亡通知时，母亲寿子应该已经离开了山内家，与这份笔记中所写的母亲就在"我"身边有出入。

但是，山内对父亲之死产生的情感，与这篇习作中的"我"以及"朝彦"所产生的情感大同小异。

山内使用"遥云"这一笔名，并在诗歌中不断描写白云，说明在他的内心世界，一定与他对死去的父亲无法挽回的记忆密切联系在一起。也许对山内来说，诗歌创作，是对缺乏共同生活实感的父亲的追寻，也是绝不会结出任何硕果的作业。

然而，他并不是用悲伤和寂寞来捕捉这一情感，而是用"焦躁"来捕捉和表达，这一点也许可以表现出山内与众不同的个性。这一焦躁感来自何处?它要将山内送往何方?在这一阶段，山内自己大概也并不能十分清晰地把握吧。

　　丰德高中阶段的成绩出类拔萃。上高三时，除了体育，在 5 等级评分制中，24 门课程中有 22 门课程获得了 5 分。三年间他留下了几乎所有课程 5 分的成绩，荣获颁发给优秀学生的修猷馆奖。

　　1955 年，山内高中毕业，是年春天进入了东京大学教养学部文科 I 类。他本人好像希望升入九州大学医学部，将来成为医生。但是，在修猷馆这类学校中，几乎所有尖子生都报考东京大学，因此，山内也在周围人的期待和那种氛围下做出了选择。然而，最该为丰德的升学感到喜悦的祖父丰太，却没有看到孙子的入学通知书，于这一年的 2 月 24 日去世了。这意味着丰德将在种种意义上离开祖父的老家，离开福冈这片土地。

　　丰德住进了位于世田谷区代田的出租屋，开始了东京的新生活。初来乍到的 18 岁年轻人的眼睛，看到了什么样的东京?丰德在稿纸上以"写给 K 君的信"为题写下了当时的心情。在这篇文章中，他假借写信激励比自己晚一年考入东京大学、一个月后便感到幻灭的 K 君，吐露了自己来到东京，对大学的不安、期待以及沮丧的心情。

　　　　K 君，你今年春天幸运地考上大学，已经过去一个月了。当我听你说"对大学生活感到幻灭"时，我不禁想起了自己这一年的大学生活。

我为了应试第一次来到东京时，站在品川车站的站台上眺望，我看到了黄昏中遥远的榉树丛，对那一刻难以忘怀的记忆，我至今还能在心里描绘。榉树的树梢，看上去好似灰色的刺绣。

考试最后一天下雪了。那天的大雪让我有些恐惧。命运有时对你微笑，有时也对你冷酷无情。一旦心生恐惧，我便无论如何也提不起兴致接受T同学一起去银座逛街的邀请了。T同学对我嗤之以鼻，当天我坐上夜行大巴回家了。

事实上，我害怕东京，害怕同学，现在回想起来觉得十分可笑。我在电车里，在柏油马路上，在校园的草地上，用力摆足了架势。我不能被人压垮，不能被人嗤笑，更不能输给别人。这样的意识，一定会藏在戴着学生帽和一毕业就考上大学的人的意识深处，这经常让我感到困扰。

东京是多么空虚的城市啊，同学们是多么怠惰，当我意识到这一点时，我也意识到，走在家乡的大街上，头上戴着学生帽的自己是多么空虚，作为在校生的自己有多么怠惰。

真正应该感到恐惧的，是这种怠惰和空虚。

入学当初在教室里争抢座位，不久便再也不见踪影的学生大有人在。

有的人因为兼职打工，有人认为使用话筒授课的方式乏味，还有人对三年来一直在读同一本讲义的教授产生了反感。尽管我没有逃离教室，但从某种意义上来说，我也是他们中的一员。

但是，我们真的做对了吗？

三年中从未变过的教案，我们是否真的能够陈述出哪怕其中的一行内容？懒惰的不是在讲台上不停地讲一堂课的教授本人，而是考试前排队购买课堂笔记复印件的我们自己。

K君（我想你可能和我差不多吧）考上大学时的喜悦，究竟是什么样的喜悦？是否可以说，对未知世界的憧憬和热情，才是那种喜悦的真实含义？那种憧憬，由于对大学生活感到乏味而凋零；那份热情，由于对课堂的幻灭而消失，果真那么不堪一击吗？

山内将自己所说的这一热情逐渐倾注于创作。东大时期的友人记得，山内在出租屋里有一个装橘子的纸箱，他就伏在纸箱前写作。

山内入学后的第二年，即1956年，《东京大学新闻》在报纸上发出通知，为了纪念当年的"五月祭"，公开征集小说、评论等稿件，小说门类的获奖者将获得一万日元奖金。这是第一届"五月祭"。

至5月5日截止日，收到小说类投稿共25篇。投稿者有后来成为电气通信大学教授的西尾干二、筑波大学教授的副田义也、导演久世光彦等人。投稿者中也有山内的名字，他的作品标题为《十年》。

结果，当年无人获奖。

第二年，三年级的山内升入法学部。在第二届"五月祭"，山内投了三篇稿件，小说门类的《习作》、文艺评论门类的《艺术与法》、政治评论门类的《关于代议士》也全部落选。

本届小说门类的获奖者，是当时文学部的学生大江健三郎，作品是《奇妙的工作》。大江以此为契机初登文坛，开始走上小说家的道路。也许对于从小到大成绩始终优异的山内来说，作品相继落选是他初次遭遇的挫折。虽然后一年的"五月祭"山内继续投稿，但直到毕业一次奖都未得。

大学三年级的冬天，刚过 21 岁生日的山内留下了以下日记片段。

2 月 20 日

三十二年度[1]冬季学期考试结束

最后一天，今天的经济学（木村）写了很多，从考试中解脱出来的安心感诚如文字所描述的那样如释重负

在地铁站啃完吐司代替午饭　收音机里是英语广播

买完巧克力搭公交车去广小路

稍走几步在东急观看影片《潜艇出击》[2]和《下水道》[3]

《下水道》中人在那样的状态下如何存活　人间悲剧竟演绎至如此地步，让人窒息

不过，电影拍得不错

走出影院　世上居然无比温情　兴奋得迈开飒爽脚步

让人拍出那种影片的战争实在可怕

与此同时　我深感人类必须相亲相爱

上野　地铁　疲惫不堪时挤在地铁里非常痛苦

---

1. 即昭和32年，1957年。——译注

2. 意大利影片（*La Grande Speranza*）。——译注

3. 波兰影片（*Kanał*）。——译注

　　"马上可以回家了　在医院里好好休息"

　　想起《下水道》里女主角的台词

　　可是她最终边梦想着太阳和绿色草地边把头部撞向铁栅栏不再醒来

　　可能由于兴奋　在东横上了电梯

　　回家前在六楼　买了这本笔记本

　　1954 年公映的意大利影片《潜艇出击》，是由尼诺·罗塔担任音乐制作的战争动作片。

　　影片讲述了意大利潜水艇救出被击沉的英国船只上的生还者，并将他们送往中立国葡萄牙的故事，取材于真实事件。

　　《下水道》是波兰导演安杰依·瓦伊达的作品。

　　影片讲述了在德军的攻势下，参加抵抗运动的年轻人逃入下水道。他们在下水道中茫然前行，最后当他们找到出口爬出地面时被捕，并全部遭到杀害。[1]

　　2 月 20 日的日记中山内继续写道：

　　夜　晚饭后　下北泽散步

　　旧书店已经关门　没买到加德纳自传

　　星光闪烁

---

1. 欧洲电影作品全集，1972年12月10日《电影旬报》（KINEJUN）增刊，60页。

　　读《文春》中大江健三郎芥川奖候选作品　感觉只是构思不错　吃不太准　还是觉得副田义也的《斗牛》有深度

　　《死者的奢华》和《奇妙的工作》stiuation类似　能明白是在思考什么

　　不能凭这种"技巧"成为我们的冠军

　　作者也许是个老实人　换言之他只能感受和普通人相同的东西

　　开高健和的《恐慌》也同样　难以读进去，故不打算阅读

　　在鼻尖的雀斑上堆起皱纹说话的少女　可能因为感冒声音嘶哑

　　在同一本《文春》上读竹山道雄写的法西斯

　　很可怕

　　真的不会再次发生吗？

　　日期标注为9月6日的日记，字写得很乱，有些部分难以辨认，很少在文字上感情用事的山内，这次能罕见地直接读出他情绪上的波动。

　　从这里开始落笔没有意义　那么漫长的日子

　　为什么去查号码　一定是在第一学期考试的那天　肯定从更早以前就开始了

　　想得人很疲惫　总有一天　会开始留恋　也会回忆吧

　　一定会带给我什么　一定会让自己做到○○　虽然不知道

能到达什么高度　但绝不想丧失往上攀登的勇气

　　只有这一点　无疑是她带给我的

　　如果两人在一起恐怕早就有了更加出色的成绩

　　但是　是否幸福不得而知　应该是幸福的吧　说哪怕自己
过得不幸福是虚伪的谎言

　　因为得不到幸福所以才放弃也是虚伪的

　　可是现在只有说谎别无他法

　　退而求其次　能将我当朋友也好

　　坚强起来　为了自己憧憬的人也要坚强起来　当然不希望
不幸福

　　带给我的　究竟是什么

　　想起○

　　贝多芬哟

　　一定是个不幸的人吧

　　他留下的日记中，写到女性的只有这么一个片段，从这一片段中
很难推测他的女性观。但是，从小缺失母爱对他产生的巨大影响，也
可以从婚后他对妻子知子说的一些话中领会到。

　　"对我来说，女人是怎样的一种存在，是能允许我做真实的自己、
能接受真实的我……"

　　"我曾经觉得女人是不该去洗手间的……"

　　据说山内是这么告诉知子的。对于在父权家庭中长大的山内来

说，母性般的存在，才是他发自内心的孜孜不断的追求。在这一层意义上也许可以说，他长大成人后的努力和日常行为，与少年时代寻求父爱和母爱的无意识的饥饿感有着很深的联系。

第二章

救助

1959 年 3 月 28 日。

山内从东京大学法学部（第二类公法课程）毕业，进入厚生省。

高级公务员考试的合格通知书上所写的名次是 99 人中的第二名。他在法学部的学习成绩，取得 14 个"优秀"。

对于立志成为官僚的东大法学部出身的精英们，即被称为"高级公务员群体"的人来说，在法学部取得"优秀"成绩的数量和高级公务员考试的名次，将在今后的官僚生涯中追随其一生，意义重大。

当时，倘若"优秀"成绩在两位数，且高级公务员考试名列前茅，据说，即便进入官僚优秀人才集中的大藏省，将来坐上科长的位子也是有保证的。

山内获得了第二名，大藏、外务、通产等大省当然会直接向他抛出橄榄枝，他可以毫不费力地进入官僚们都十分憧憬的这三个大省。

然而，山内却主动选择了厚生省。

为什么？

对于山内进入厚生省的经过，存在几种版本的说法。1986 年 1 月 9 日，当时担任厚生省审议官的山内，参加了修猷馆高中毕业生团体"二木会"的活动（每月第二周的周四举行），并以"厚生行政的林林总总"为题发表了演讲。演讲中他在回顾自己进入厚生省的经历时这样谈道：

去年9月前后，我收到来自某大学社会学课程的问卷调查，内容是："本研究室正在开展官僚成为政府官员的理由这一社会学调查。山内先生您为什么选择厚生省，请在以下选项中选择。"

总共有七个选项，实际上哪一项都不适合我，这让我有些头疼。有哪些选项呢？比如，成为政府官员可参与国家大事；政府官员生活安定，老年生活有保障；还有对该工作本身有兴趣等。哪个选项都不符合我的情况……实际上，我上大学的时候，法语班里有个我暗恋的女生，经过调查，据说她要进厚生省工作。我想如果能和她一起工作该有多幸福啊，所以进了厚生省。她被厚生省录取了，我也被厚生省录取了，但我们之间并没有发展的余地，因为第五年她就辞职了，好像早已有了未婚夫，我被彻底甩了。

那以后，我决定收心，把失恋的痛苦化作对厚生行政事业的热情，一直干到今天。（后略）

在会场上时不时发出的会心笑声中，山内就这样回顾了进入厚生省的经过。不清楚这个女生是不是他字写得很乱的日记中提到的女生，不过，后来他也不经意地对知子提起过有一个进入厚生省工作的女生这件事。

此外，还有一些能想到的理由。据说山内上初中期间患了骨髓炎，高中时代也一直拖着腿走路。尽管他身高 168 厘米，体重 60 千克，属于胖瘦适度型身材，但学生时代的山内不擅长体育运动，身体也不是很结实。

山内在经济上确实很富裕，成绩也出类拔萃，堪称优等生中的优等生。然而，包括童年经历在内，在成长过程中缺少家庭温暖的山内，选择以救助社会弱者为目的的厚生省也是十分自然的。

据说在刚进入厚生省时，遇到高中时代的友人伊藤正孝，山内十分高兴地说：

"我找到了天职。"

1959 年 4 月 1 日，从厚生省医务局次官手里接过任命书的山内等新职员，参加了 4 月 15 日为期两周的研修。参加研修期间，山内在笔记上这样写道：

4 月 1 日　田边事务次官午餐会

次官

确立自觉意识面对不断扩大的厚生行政

午后

栗山科长　感叹缺乏人文关怀的厚生官吏的存在

熊崎人事科长训话

不拘泥于形式，以备受期待的干部预备生身份受到关注

努力不辜负期待

以拓宽厚生行政幅度为目的的外派工作

人事科长熊崎关于"干部预备生"的这一说法，被认为是专门针对山内的。

4月1日，对于这些新人来说，这一天是走上厚生官僚道路的起点，同时也是厚生省内部的仕途竞争，即竞争事务次官这一独一无二职位的开始。

山内入职的1959年，厚生省正面临一个重大问题。

水俣病。

是年11月2日，熊本县水俣村的渔民们闯入新日本窒素肥料公司的水俣工厂，造成多人受伤。该事件在全国报纸上披露后，水俣病的存在第一次受到广泛关注。1959年这一年，也成了水俣病30余年历史上具有重要转折意义的年份。

日本窒素肥料公司（1950年名为"新日本窒素肥料"，现名为"チッソ[1]"），是明治末年由熊本县水俣村为取代衰退的农业和制盐业而引进的电气化学工厂。窒素公司在第一次世界大战后从欧洲引进氯的合成技术，初次在日本生产合成肥料大获成功，从而作为日本代表性的化学企业之一得以成长。该企业的原动力是水俣工厂。之后，水

---

1. "チッソ"即"窒素"的片假名。——译注

俣市作为窒素公司的企业重镇发展起来，这也是调查水俣病致病原因之所以会被耽误的原因之一，只能说这是一个巨大讽刺。

该水俣工厂同时也开展技术研究和开发，1932年用乙炔合成乙醛，1941年同样用乙炔合成氯乙烯，均获成功。在这一合成过程中，用作催化剂的是水银[1]。

与日本"发展"的步调一致，从战后复兴走向高速成长，窒素公司作为企业也取得了发展。这一发展的代价，便是催生了水俣病。用作催化剂的水银在毫无处理的情况下排入海水中，积蓄在鳞介类生物体内，侵蚀食用鳞介类生物的渔民身体。

制造乙醛过程中出现的水银，自战前就开始持续地污染不知火海[2]，渔民和工厂之间不断发生冲突。这种冲突最初起因于鱼产量减少，窒素公司只是支付给渔民少量的补偿金作为代价。1956年，大量渔民开始出现手脚麻痹的"怪病"，问题变得日渐严峻[3]。

是年5月16日，熊本《日日新闻》报道了水俣湾的怪病，标题是：

"水俣儿童得怪病——出于相同原因吗?猫也幸免于难"

这被认为是第一篇对水俣病的实质性报道。关于之后报刊报道的经过，《公害的政治学 追踪水俣病》（宇井纯著，三省堂新书）中有详

---

1. 宇井纯：《水俣病的三十年》（桑原史成著：《水俣：没有终点的三年》所收，径书房，1986年），161～162页

2. 不知火海，位于熊本县水俣湾外围。——译注

3. 川名英之：《日本公害纪实第1卷》，绿风出版，1987年，11、22页。

细叙述。

很多人开始行动起来寻找怪病的致病原因。1956 年 5 月 28 日，以水俣市的保健所以及卫生科、窒素公司附属医院为核心，设立了"水俣怪病对策委员会"。委员会于 8 月 14 日委托熊本大学医学部查找和研究怪病的致病原因，开始正式展开调查研究。

熊本大学医学部水俣研究小组在研究起步的三个月后，于 11 月 3 日举行了第一次研究报告会。席间报告称，水俣怪病不是传染病，并已发现致病原因为"某种重金属通过鳞介类生物侵入人体而引发中毒"[1]。

然而，研究从这里开始变得举步维艰。可以想到的有毒重金属就有锰、铅、锌、铜、砷、硒等多种，要找到特定的致病物质尚需很长时间。进而，推进研究的最大障碍来自通产省。

研究小组提出需要对窒素公司工厂的废水取样，厂方则以企业机密为借口断然拒绝，要求研究小组获得通产省批准。在废水样本无法顺利取得的状况下，熊本大学不得不花费近三年的时间继续展开研究。

厚生省组建了厚生科学研究小组，从 1956 年开始致力于怪病的病因调查，1958 年 7 月 9 日，研究小组公布了流行病学的调查结果。这一调查结果推定，怪病致病源来自日本窒素公司的废弃物[2]。

---

1. 川名英之：《日本公害纪实第1卷》，绿风出版，1987年，34页。

2. 宇井纯：《公害的政治学 追踪水俣病》，三省堂新书，1968年，44页。

1959 年 7 月，坚持开展研究的熊本大学研究小组，参考了为水俣病患者提供治疗的英国神经科医生马克阿尔帕因的论文后，终于将目标锁定在有机水银身上。

7 月 14 日，"熊大研究小组确认 水俣病致病源为有机水银"，这一标题出现在《朝日新闻》的特讯上。

（熊本大学医学部）教授武内等人从流行病学角度发现，有机水银中毒和水俣病临床症状非常相似，于是通过猫体实验，对其与有机水银中毒症的关系展开了长达一年时间的研究。结果证明，致病物质为水银化合物。运用科学分析、临床实验和病理学观察三方面手段，得出了相同结论，结论几乎确凿无疑。三位教授将利用今年暑期展开实地调查，对鳞介类、海底泥土进行验证，以期获得更深入的依据。（后略）

关于致病源，该报道进而提到了"新日本窒素水俣工厂"这个名字，推定该工厂废水中的化学物质中含有水银[1]。

窒素公司方面则开始动用御用学者，对"有机水银论"展开绝地反击。

首先登场的是"炸药论"。这是日本化工工业协会理事大岛竹治

---

1. 宇井纯：《公害的政治学 追踪水俣病》，三省堂新书，1968年，56～57页。

提出的观点，即战争结束时旧日军往海里丢弃的航空炸弹弹体腐烂，从中分解出苦味酸以及四乙基铅。根据窒素公司的请求，厚生省进行了实地调查，结果表明上述观点没有事实根据[1]。不知道大岛竹治是以什么为依据发表上述观点的，但它充分发挥了阻止有机水银论受舆论关注的作用。

1959 年 11 月 2 日，山内进入厚生省的当年秋天，作为对水俣渔民诉求的回应，众议院 26 人视察团造访了水俣。这是首次对当地的视察。当天中午，抵达水俣市的视察团一行，分别乘坐八辆大客车前往水俣市立医院慰问患者。在这里，迎接视察团的是以渔民为主的大约 4000 人的抗议游行队伍，视察团直接收下了渔民的申诉状。

前面提到的闯入工厂事件即发生在之后的下午 1 点 50 分。参加不知火海区渔民誓师大会的渔民们，在递交申诉状后蜂拥至工厂。由于前日窒素公司相关人员告发 8 名渔民撒野，加上厂方拒绝谈判的要求，渔民们怒气爆发，近 1000 人闯入工厂。渔民们带着榔头，见物就砸，办公室、配电室、警备室里的电子计算机和打字机均遭到损坏，并与 250 人的警察队伍发生了冲突。

下午 2 点，警方出动了 100 人的待命机动队，事态终于得到平息，双方共有超过 100 人受伤[2]。

目睹渔民激动情绪的视察团，对县当局、县议会、窒素公司的消

1. 原田正纯：《水俣病》，岩波新书，1972年，56页。

2. 宇井纯：《公害的政治学 追踪水俣病》，三省堂新书，1968年，98～103页。

极态度进行了训斥，并强调今后各省厅应停止地盘争夺、团结合作、努力查明水俣病病因，之后便返回了东京。

然而，从结果上来看，对水俣病的病因调查和对患者的救助，在留下批评言论后返回东京的国家当局与企业、学者的"通力合作"下，再次被拖回到不知火海的海底。11 月 11 日，以权威著称的东京工业大学教授清浦雷作，在肥料工业会上发言，提出了"非有机水银论"之一的"有毒氨论"。该报告当天经通产省之手，以"关于水俣湾内外水质污染的研究"为题对外公布。第二天，即 11 月 12 日的《朝日新闻》以"清浦教授的报告：'不可能是工厂废水'的水俣病"为标题，刊登了以下报道。

食用熊本县水俣湾鱼类引发的怪病——"水俣病"，其致病源被认为是由新日本窒素水俣工厂排放的废水中的水银。但是，今年夏天对当地展开实地调查的东京工业大学清浦雷作教授提出了"病因不可能是工厂废水"的结论，他于 11 日向通产省提交了该研究报告。

本次清浦教授的结论是："水俣湾的水质经与其他海湾对比，并未受到特别污染，海水中的水银浓度也不高。并且，水俣以外的其他地区也存在体内含有大量水银的鱼类，食用这些鱼类并不会引发怪病。因此，得出水俣病是由含有水银的废水引起的结论过于草率。（后略）"

清浦于当年 8 月底前往水俣展开水质调查。他用为期不到三个月的调查，否定了熊本大学历经三年才最终得出的结论。

通产省支持清浦的观点，在"水俣病相关各省联络会议"上，通产省代表发言称，"不能断定新日本窒素水俣工厂的废水是致病源"。

事实上，当年 11 月 12 日是厚生省食品卫生调查会向厚生大臣报告水俣病病因调查结果的日子。该报告中，对致病物质进行了如下表述。

> 水俣病是因大量食用生息于水俣湾及周边的鳞介类所致，为中枢神经系统受损的中毒性疾病，其主要致病源为某种有机水银化合物。

这一报告本可看作政府方面对水俣病问题的首次见解，然而，由于通产省的成功计策，给人留下了"病因尚未确定"的强烈印象。就这样，通产省与厚生省的对决，以通产省的胜利告终。

第二天，即 11 月 13 日的内阁会议上，通产大臣池田勇人犹如乘胜追击般地发言称，"有机水银是由新日本窒素水俣工厂外流的结论过于草率"，他对厚生省的行动发出警告[1]。

"水俣食物中毒部会"在厚生省食品卫生调查会提交报告的当天接到解散命令，取而代之的是第二年 2 月 26 日成立的"水俣病综合调查研究联络协议会"。主导权从站在患者立场上的厚生省转移到了

---

1. 川名英之：《日本公害纪实第1卷》，绿风出版，1987年，49~53页。

为企业辩护的经济企划厅手中，因此，对水俣病病因的调查不由自主地向后倒退了一大步。证据就是，尽管通产、经企、厚生、农林等各省厅彼此承诺今后齐心协力查明病因，然而该协议会在未提出任何结论的情况下于第二年 3 月自动解散了[1]。

等政府再次确定其见解是在 1968 年，也就是 9 年后的事情了。围绕水俣病的病因调查，政府内部，尤其是通产省与厚生省对主导权的争夺到了极度混乱的地步。最终的结果是，站在企业立场上的通产省，不遗余力地亲手摘除了早期解决这一公害病的萌芽。

通产省在企业和御用学者的配合下，抹杀有机水银论的罪责无疑是十分严重的，然而，因省厅间的利益和力量角逐，自身的调查结论遭到不合理否定却无力反驳的厚生省的罪过同样重大。对水俣地区的首次视察未有成果，被逼上绝路的渔民因暴动而受到窒素公司的控告，以救助弱者为目的而设立的厚生省，就这样向后倒退了一大步。就在印刻上这一历史的 1959 年，22 岁的山内丰德进入厚生省工作。

1. 宇井纯：《公害的政治学 追踪水俣病》，三省堂新书，1968 年，154～158 页。

第三章

电话

1990 年 12 月 4 日上午 9 点。

山内知子在东京都町田的家里接到一个电话。

是丈夫打来的。

"我接下来会失踪，去向不明，所以不能告诉你地点……

"除此之外，没有办法阻止北川次官去水俣。

"现在的状态不该去水俣。

"报纸上可能会引起喧哗，但不用担心。

"不过，我可能会辞去政府机关的工作……"

丈夫有气无力地说完后挂断了电话。

知子不明白他说的是什么意思，大脑一片混乱。不是去水俣的状态，是丈夫的身体状态不好，还是各种状态不好?仅靠刚才的通话她无法判断。

9 月 28 日，围绕水俣病诉讼案，由于东京地方法院向政府提出了庭外和解的劝告，丈夫的工作比以前更忙了。

丈夫从来不在家中谈工作上的事，但知子也能感觉到，自 7 月出任环境厅企划调整局长以来，丈夫的工作量增加了。

深夜 12 点以后回家的情况很频繁，回家后他还要待在二楼自己房间里的写字台前看资料、剪裁报纸上的报道，一直工作到凌晨两三点钟。

清晨，知子上二楼，常常见到丈夫衬衣外披着一件长袍躺倒在地上熟睡。知子担心疯狂工作而疏于进食的丈夫的身体，准备了维生素片等营养剂放在写字台上。

全身心投入解决水俣病问题的最近两个月，丈夫周日一大早就开始打电话下达工作指令，随后去上班，没有休息过一天。

9 月下旬，知子感冒了，不停地咳嗽，平日不太发脾气的丈夫罕见地冲知子发火："不要把感冒传染给我。我现在不能感冒。"

丈夫疼爱的宠物犬五郎最黏丈夫。夜里它往丈夫的被窝里钻，哪怕再疲倦，丈夫也不会发火，让它进自己的被窝。知子担心丈夫睡不好，也怕自己的感冒传染给丈夫，就从一楼卧室里铺着的两人被褥中，单独取出丈夫的被褥放到二楼。知子后来为此后悔不已。

进入 11 月后，眼见丈夫变得越发憔悴，回到家里也无法放松紧张的情绪，逐渐变得神经质起来。

每晚只睡三四个小时的日子已经持续了数月。知子担心这样下去丈夫会搞坏身体。考虑到丈夫上下班的通勤时间超过三个小时，她对丈夫说：

"上下班的来回时间花在睡眠上能让身体好好休息，你不用担心家里，如果太晚的话就住酒店吧。"

自那以后，丈夫下班太晚的话便住在酒店里。不过，丈夫每一次住酒店前必会打电话回家。

丈夫住宿的酒店，基本都是"虎门田园酒店""高轮宾馆""赤坂香皮娅"之类东京都内的商务酒店。有时候因为订不上房间，只能在霞关合同厅舍 21 楼的局长办公室的沙发上假寐。到了局长这种级别，订酒店之类的事情通常会交给部下办理，但是，就连这些琐事也全都是山内亲力亲为。

12 月 3 日清晨，山内和往常一样 6 点 30 分起床，吃了早餐。他对将自己送至玄关的知子说：

"今天我会回来。"

仅此一句，丈夫 8 点钟出了门。

3 日晚上。

知子理所当然地等着丈夫回来，结果山内没有回来，连电话也没有。

（这种事还是第一次啊……）

这么想着，知子迎来了 4 日清晨。

刚挂断丈夫的来电，电话铃声再次响起。

是环境厅打来的。

"局长在家吗？"

一个年轻男子的声音。

"现在不在家。"

知子答道。

　　一瞬间，她犹豫是否要将丈夫刚来过电话的事情告诉对方，但从丈夫说的话——"我可能会辞去政府机关的工作"来推测，丈夫的行为可能是瞒着局里的个人主张，所以知子没有说出口。局里来的电话说只是为了确认局长是否在家，就马上挂断了。

　　知子没心思干家务，等着丈夫来电。

　　只有等着。

　　上午 11 点 30 分，电话铃声第三次响起，是丈夫打来的。

　　"我现在在东神奈川，马上回家……"

　　只听他说了这么一句话，电话便挂断了。

　　和第一次在电话里说要"失踪"不同，知子无法对事态做出判断。不过，丈夫说马上回家，仅这一点就让她安下心来。她开始做饭等丈夫回家。

　　12 点 15 分。

　　门口有了动静，知子匆忙跑向玄关。丈夫有气无力地伫立在那儿。望着憔悴得和昨天出门前判若两人的丈夫，知子大吃一惊。

　　（必须赶快让他休息。）

　　她接过丈夫的公文包，将丈夫让进屋。

　　"吃饭吗？"

　　"嗯，现在吃。"

　　知子将丈夫让到厨房的椅子上坐下，自己赶紧去盛汤。

　　丈夫只喝了一点汤就停了下来。

　　"求你了，赶快上去睡一会儿吧。"

　　听知子这么说，丈夫点了点头走上楼梯。二楼，丈夫的房间里，还铺着昨晚知子为他准备的被褥。

走上二楼的丈夫，一会儿又折了回来。他好像有什么心事，无法安心睡眠。一下楼，他直奔电话机。

电话另一头似乎是环境厅的人。知子听丈夫说了好几次"对不起"。打完电话后，他走到知子跟前说：

"我可以不去水俣了……换森先生去。"

（太好了。虽然不知道发生了什么，但这样总算可以让他休息一下了。）

知子这么想着，稍许安下心来。

森仁美，环境厅官房长，是职位仅次于次官、企划调整局长的厅内三号人物。水俣诉讼案的相关事宜，以这位三号人物为核心负责应对处理，北川长官的日程安排等所有一切都由他决定。视察水俣一事，三人中原定仅山内与北川同行，二楼房间里装有内衣等物品的黑提包，也是山内亲自准备的。

"突然提出请求，也太难为森先生了。"

丈夫嘴上这么嘀咕了几次，再次走上楼梯，消失在房间里。

很快，他又从房间里出来，手里拿着飞机票。

"怎么了，有什么担心的事吗？"

"我把飞机票带回来了，明天就要走，怎么办？"

知子一问，丈夫这么答道。

"如果需要的话，我送到环境厅去，你打个电话就行了。"

知子说完，丈夫点头表示认可，立刻打电话给办公室。

"只要知道机票号码就可以了，不需要特意送去。"

丈夫放下电话说，脸上终于露出了轻松的表情。

"我休息一下。"

说着，他第三次走上楼梯。

望着丈夫的背影，知子竭力克制住自己不安的情绪。丈夫在工作上无论遇到多大难题，即便知子十分担心，他也总是说：

"没问题，都交给我吧。"

20 多年的漫长岁月里，他一直这么说，并且总是靠一己之力渡过难关。

（这次一定也没问题。也只能交给他自己。）

知子尽力这么想。

这里面同时有着 22 年的婚姻生活中对丈夫建立起来的信赖，以及类似于放手的心情。

（没问题。也只能交给他自己。）

知子心里再次重复了一遍这句话。

第四章

——

背

影

——

1959 年，结束了两周研修的山内被分配至医务局总务科，迈出了厚生官僚生涯的第一步。

尽管他将福祉工作视为天职，但是依然没有放弃成为小说家的梦想。下班一回到出租屋，他就坐在代替写字台的装橘子的纸箱前写小说，有一段时间他就这样过着双重生活。不久，这一梦想终于如梦般地结束了，但这究竟是不是适合用"挫折"一词来形容的经历，无法一概而论。之所以这么说，那是因为山内名副其实地将福祉行政当作自己的天职，全身心地投入其中。

1961 年 12 月，山内调入社会局更生科，负责残疾人保护、更生工作。进而两年后，他去了社会保护科，从事生活保障方面的行政工作。在该保护科的工作经历，成了培养他对生活保障行政工作深刻洞察力的土壤。1966 年 8 月，山内调入环境卫生局，在这里初次接触公害行政工作，时年 29 岁。

厚生省内的公害行政管理，通过 1961 年 4 月在环境卫生局环境卫生科内部新设公害股，开始了实质性的展开。之前环境卫生科的工作，主要是对美发、美容行业进行指导和监督，解决公共浴室的洗浴费用问题等，与公害问题完全没有瓜葛。公害股的年度预算为 35 万日元，只有一名干事，由卫生科的科长助理兼任。当时的干事是后来成立环境厅时出任大气环保局长的桥本道夫。他是公害股里唯一的工作人员，开始了发展迄今谁都没有经验的公害行政业务[1]。三年后即 1964 年 4 月 1 日，公害股升格为公害科，科员变成六人。第一任科长桥本回顾当时的情形说：

"众所周知，当时是日本经济高速成长的鼎盛时期。收入倍增计划、新产业都市建设计划等，所有一切都指向经济成长。我也想让经济成长啊。为什么这么说，不就因为厚生省财政面临困难局面吗?国民健康保险濒临破产、缺少养老金、造不起下水道和垃圾焚烧场，没有钱，这些都解决不了啊。但还要我们拿出公害对策，免不了会拖经济成长的后腿。可是当时能说出'不考虑公害问题不行'这种话的人是极少数。

"况且厚生省的行政，和经济界相比，当然处于劣势啊。没有政治上的支持，也没有政治力量。所以，和通产省、经济企划省不在一个段位上。我深刻体会到，行政管理没有政治经济做后盾发挥不了作用。"

在整个日本清一色地走向经济高速成长的环境中，桥本在得不到任何支持的条件下开展了公害行政管理的业务，他理所当然地遇到

---

1. 川名英之：《日本公害纪实第2卷》，绿风出版，1988年，15～16页。

了形形色色的阻力。进入 20 世纪 60 年代中期，公害的激增形成了全国性问题，桥本等公害科的职员开始负责制定针对大气污染的管控法规。

可是，就在这一问题上也与通产省产生了对立。通产省比厚生省早一年，即 1963 年 4 月在通产省内部设置了产业公害科，围绕公害行政管理的主导权问题不断与厚生省发生摩擦。

1965 年，在第四十八次国会上，众、参两院决定设立产业公害对策特别委员会，日本政府终于开始采取防止公害的行动。以厚生省环境厅为主设置的公害审议会负责审议"与公害相关的基本对策"。对于厚生省的行动，包括通产省在内的各省厅表示强烈不满："为什么厚生省超越自己的管辖范围，将手伸向各省厅管辖的业务，负责推进公害的基本对策，这不是越权行为吗？"[1]

另外，厚生省也在竭尽全力确保自己在公害行政上的主导权。首先，他们以制定公害对策基本法案为目标，将省内的精锐集中到公害科。其中有后来担任厚生省事务次官的幸田正孝和古川贞二郎，当时在环境卫生科工作的山内丰德也是"精锐"之一。山内作为公害科科长助理和桥本一起负责制定公害对策基本法。

1966 年 11 月 22 日，以山内为核心制定的公害对策基本法案的试行方案纲要对外发表。纲要中写道，公害对策基本法的目的在于"防止公害，保护国民的健康、生活环境和财产"。

1. 桥本道夫：《环境行政个人史》，朝日新闻社，1988年，99页。

这一试行方案一经发表便遭到通产省、经济企划厅、经团连等所谓推进经济高度成长一方的省厅的激烈反对。尤其是通产省，强烈要求考虑公害对策与产业、经济健康发展之间的调和 [1]。

关于该法律的意义，负责制定公害对策基本法的山内，后来写下了下面这段对公害行政倾注了热情的文字。

> 围绕公害问题的纷争，是在对个人生活和权益提供保障这一私权救助层面上引发的，然而，从它对大多数居民的生活和权益造成影响这一意义上来看，它们大多同时兼具公共事件的特征。行政厅收到了大量有关公害问题的投诉，之所以必须对这些公害问题进行处理，也是缘于公害问题产生的纠纷具有这种公共性特征。然而，在现行的法律条件下，行政厅对公害纠纷的处理，仅仅停留在提供事实层面上的服务。因此，应该将处理公害纠纷的行政厅视为公害事件制度上的当事人，在这一前提下考虑立法措施。

> 首先，是将行政厅取缔环境污染行为和采取防止措施的要求制度化。虽然可以按照居民的投诉采取措施，但是，应限于对公共利益等事态产生一定规模和程度的影响的环境污染上，应尽可能对法院审理造成污染原因的当事人采取相应措施的义务进行立法。

---

1. 川名英之：《日本公害纪实第2卷》，绿风出版，1988年，82~84页。

其次，应将行政厅负有查明，尤其对人身造成影响的环境污染原因的义务制度化。迄今为止，针对环境污染事件，存在行政厅采取行动，或使用公款调查污染发生原因的先例，但是，这类行动如何与该类事件相关的民法救助关联，在制度上存在模糊点。我认为更好的做法是，对行政厅赋予调查特殊环境污染事件的义务，并由行政厅在调查结果的基础上，查出污染原因、维持诉讼，换言之，采用"公害检察制"，这么做可以避免在解决这类社会问题时产生不必要的摩擦。

（刊于《自治研究》昭和 43 年 3 月 10 日所载《关于公害问题的法律救助和处置》）

山内首先声明这一论点只是试论，是个人的见解而已，他十分严肃地论及在公害问题上涉事企业和行政厅的责任。最重要的是，他指出应该立法，对查明污染原因的义务制度化，正因为这些观点出自一位行政负责官员之口，所以更具分量。

山内在文中谈到"特殊环境污染事件"时，脑子里一定浮现出了水俣事件。如此情绪激昂地谈论对公害事件患者的救助以及对公害原因进行调查的人，22 年后却站在完全相反的立场上，否认国家行政在水俣病问题上的责任。当时，山内的内心究竟发生了什么变化? 他没有想起 22 年前自己亲笔写下的这篇文章吗?

山内调入公害科并负责基本法制定工作的 1966 年 12 月 26 日，被厚生省的上司新谷铁郎约至日比谷，见到了某女子的照片。

照片有两张。一张是一女子身穿和服专为相亲拍的照片，另一张是该女子和小狗嬉戏的照片。

"很漂亮。"

山内称赞道。新谷建议山内年内见一下。山内起初表示"过了新年以后可以见"，结果还是做了让步，答应在官厅年底上班的最后一天，即 12 月 28 日去新谷家和那位女子见面。

第二天即 12 月 27 日，山内在忙碌的工作中抽空外出寻找理发店。他步行至有乐町，终于在车站大楼发现了一家理发店，他走了进去。

（来了一家好贵的店啊。）

他寻思，在镜子前坐下。他边思考明天见到那名女子时该说些什么，边想着照片上女子的身影。

照片上的女子名叫高桥知子，当时 24 岁，在位于日比谷的旭化成旗下企业旭陶公司工作。为知子介绍对象的是知子母亲澄子的表兄弟高崎芳炎。高崎是制造消防器材的常盘化工的社长，新谷的兄弟在常盘化工工作。

高崎对新谷说："我家亲戚中有个不错的女孩。"新谷回答："我单位也有个绝世无双的男孩。"两人的交谈就这样发展成了本次的相亲。

高桥知子，1942 年出生于岐阜县揖裴郡池田町一个名叫草深的地方，父亲高桥静夫、母亲高桥澄子，知子是家里的长女。父亲曾经是旭化成公司的工程师。父亲因工作关系辗转日本各地，因此，学生时代的知子也在不断转学，她在宫崎、三重、静冈都上过学。知子和山内一样，身体不是很好，上中学一年级时得过严重的肺炎，休学了一年。由于注射链霉素治疗，听力有些下降。知子从静冈的县立吉原高中毕业后，考入昭和女子大学文家政学部。1965 年大学毕业，进入旭化成东京事务所工作。当时她住在三轩茶屋的出租屋，每天去旭陶公司管理室上班。

12 月 28 日，下班后的知子匆忙赶往当时位于东久留米市冰川台的新谷家。她听说这次不算正式相亲，对方也是这么打算的。加上之前也相过不少次亲，都没有成功，所以这一次知子也没什么兴趣，不过，她没法拒绝亲戚的介绍。

知子先行抵达了新谷家，边等着山内到来边在厨房帮忙。过了不久，玄关那头传来了开门声。

身材瘦弱的青年，既不问知子的情况，也不说自己的事情，只是一个劲儿地和新谷家的孩子们开心地玩耍。

（看来不成……）

知子马上意识到。

时间过得很快，相亲没开始就结束了，两人该离开了。

介绍算是介绍过了，但知子甚至连这个年轻人的名字都没有弄清楚。之前几乎没有任何交流的两人，在玄关和新谷家人道别后，一路无语地走向车站，气氛十分尴尬。

（早知如此还不如不来。）

知子寻思。

走到东久留米车站，知子打算购买到涩谷站的车票，可钱包里没有零钱。正当知子不知所措时，山内把钱借给了她。

"谢谢。"

知子道了谢，买了车票，两人坐上开往池袋方向的电车。知子没问这个男子住在哪里，心想：他默不作声地跟来了，是打算送我回家吧？

这人看上去压根儿没有相亲的意思，大概也不会有第二次见面的机会了。虽然不是什么大钱，但知子还是对借钱一事有些介怀。就这么直接还钱可能比较失礼，还是应该买条手绢什么的作为酬谢。知子心里正为此事犯着愁，不知不觉中电车已经抵达涩谷车站了。山内走出检票口，突然向知子道别：

"那我走了。"

知子吃了一惊。天色已经很晚了，即使不算正式，但双方也都是带着相亲的目的来的，不该找个安静的地方说会儿话，或者至少把自己送回家吗？知子理所当然地以为他会这么做。然而，那人却突然冒出一句"那我走了"，不是太过分了吗？先不说别的，自己连这人的名字都不清楚呀。比起生气，知子首先感到的是自己很丢人，但她开不了口说"请送我回家"。

"再见！"

知子丢下这句话，大踏步跑了起来。

很远便能看到开往三轩茶屋方向的公交车的灯光，知子头也不回地径直向公交车站跑去。年底返回沼津父母家的知子，将相亲一事忘得一干二净。

1967 年，新年过去了。

很快又要上班了，回到出租屋的知子，取出堆积在邮箱里的贺年片，随意看了起来。此时，她看到了不熟悉的字迹，她停下手。

贺年片寄件人的位置上写着："山内丰德"。

字写得实在不敢恭维，有点难认。

> 恭贺新年
>
> 去年在新谷先生家承蒙您亲自下厨，深表感谢。
>
> 富士的初春是怎样一番景象？
>
> 东京自元旦起也开始降雨，今天正是适合将去年没有写完的贺年片写完的晴好日子。可一想到开春便会忙碌，这个岁首也变得沮丧起来。
>
> 昭和四十二年元旦

12 月 28 日，山内在涩谷目送了知子奔跑的背影后，没有直接回家，而是去了常去的新宿的一家酒馆"筒井"。虽说必须去结清赊的酒账也是事实，但他想稍许整理一下思绪再回家才是真实的想法。

（我们两人今天说了什么……打开新谷先生家的房门，首先看到的显然是对方的皮鞋，不是黑皮鞋，自己毫无理由地安下心来。望着褐色的皮鞋，不知何故，便觉得"她也是碍于情面才来的"。对方喋喋不休地对自己说了好多年前死掉的小鸟的故事，以及怎么做小鸟的饵食。还有她自己会开车但没考驾照的事，就在那一刻，觉得她真是个好强的女子。）

脑子里想着这些，山内坐在吧台边上喝了会儿酒，之后回了出租屋。

12 月 30 日，山内特意去了一次厚生省公害科，将新谷给他的知子的照片带回出租屋。那天，山内在出租屋里看了一整天照片。

晚上，山内参加朋友们的忘年会，酒席上他发誓："我明年一定要结婚。"

31 日，山内打扫了出租屋。考虑到知子会来这里，他为写小说时充作写字台用的装橘子的纸箱贴上了漂亮的壁纸。

与知子对山内的印象不同，此时，"结婚"二字已经开始在山内的心里膨胀起来。

就在这样的状态下，新年来了。山内在一次次的犹豫后，还是给知子寄出了贺年片。

新年期间，山内在猜想知子会不会给自己寄贺年片的忐忑中过完了元旦。

（还是为她写个有纪念意义的作品吧。）

想着这些，山内的心情忽而愉快，忽而忧伤，不知不觉又到了开始工作的日子。8 日那天，已经死心一半的山内收到了来自知子的贺年片。

新年快乐

十分高兴收到您的贺年片。您一个人迎接新年，过得怎么样……您心中一定早有各种计划了吧。

之前的事甚是失礼。突然安排的事让您为难了，在此深表歉意。年初第一天上班我就迟到了，这对一年来说都不是好兆头。

百忙之中敬请保重身体并努力工作。我也要毫不示弱地加油干。

山内一遍遍地读着贺年片上的文字，分析、推测起来。

"您心中一定早有各种计划了吧"，写得好像和她无关似的，真是不近情理的女人，山内有点生气。对于山内来说，今年的计划就是和两人今后有关的事。

不过，反复看着知子写的字，山内放心了，结婚之后写贺年片的事就交给她了。

1967 年 1 月 14 日。

这天，中午结束工作后的两人约定在日比谷的"日动画廊"见面。知子喜欢看画展。也因为公司就在日比谷的三井大厦，每当午休时，知子总是尽快用完餐，步行至日比谷一带逛画廊，这已经成为知子的乐趣之一。

山内已经先到画廊了。两人看了一会儿美术作品后，离开画廊去吃午饭。山内带知子去了附近的一家鳗鱼饭店。知子虽然非常讨厌鳗鱼饭，但还是跟在山内身后走进了店里。坐下后，山内从外套的内衬口袋掏出一个信封，推到知子跟前。

"自我介绍。"

山内说着，低下了头。

信封里装的是山内写的履历书。竖版的七张信纸上用钢笔密密麻麻地写满了自己的家庭、经历、爱好。和贺年片一样，字写得歪歪扭扭的。从第四页起，信纸的右上角都有一个㊙的符号，内容是这样的：

㊙

兴趣　填满稿纸

志向　小学时代　"名人"　不过毕业典礼上没有成为致答谢词的那个人

　　　中学时代　"诗人"　向杂志、报刊投稿，也有被选中、受称赞的时候

　　　高中时代　"小说家"　为文艺部杂志招揽广告客户，因过于艰难而退出

　　　大学时代　"优等生"　背负家乡沉重的期待，导致轻度神经衰弱，在法学部成绩处于劣等生之列

为何选择公务员——公务员考试成绩过于优秀

为何选择厚生省——避免被蜂拥而至的学霸们碾轧

兴趣和品行

　　爱眺望的东西　云

　　爱看的作品　德加　铃木信太郎　前进座剧团

　　爱喝的饮品　薪水日之后　白兰地　金酒　仙山露

　　　　　薪水日之前　　咖啡　巧克力冰激凌
　　　　　年糕小豆汤
　　至今记得的影片　十二怒汉　长别离　恶汉甜梦　他人的脸
　　信仰　祖父的儒教主义家教和中学时代基督教主义教育的结
　　　　　果，树立了爱护动物与尊重人类的信条，由于与生俱
　　　　　来的自爱心，至今认为神只是不经意的无神经的造物
　　主政治思想　稍有轻佻浅薄的感觉，总体上属于进步的稳健
　　　　　派，如果参加选举考虑自己建立政党组织

对于当天的约会，山内在日记中这样写道：

　　十四日，初次约会。前晚彻底失眠，写完无聊的笔记已经三
点半了。约定在日动画廊见面，居然迟到十分钟，有些郁闷。对
美术作品有独立见解的女性令人害怕，带着这种心情迷茫地走在
大东京的街头，脚下是冬天的柏油路。不知如何带女性逛街，内
心忐忑。

　　说话时变得害怕起来，若不是你提起去看电影，恐怕就要站
在什么地方发呆了。

　　现在都不清楚心情变得害怕的理由。

　　我一直以为和女性——尤其和年轻女性交谈三十分钟基本上
就能了解她，可你的想法中似乎有些不明就里，可又有些能够理
解的不可思议的阴郁。

　　我觉得你有一颗比我更厌世的心，但最终你却是拯救了我的

厌世之心的女性。

　　从今往后，每次约会都会这样增加我的思考量，我担心没时间考虑公害对策基本法。

　　由于山内工作的厚生省离日比谷也很近，两人经常利用中午休息时间约会，一起吃饭、逛画廊。

　　这段时间，山内工作变得非常繁忙，常常提着一只装满文件和稿纸的包袱赶到约会地点。即便是下班后的约会，山内也会在咖啡馆等地方解开包袱，在知子跟前继续工作。知子总是静静地看着这样的山内。

　　"下次见。"

　　每当到了关门时间，两人就这样道别。这种奇特的约会一直持续着。

　　（真是个不懂浪漫的人……）

　　走在提着大包袱的山内身边，知子想。

　　这段时间，山内全身心扑在厚生省的工作上，面对稿纸的时间变少了。他似乎远离了写诗、写小说的生活。不过，当时的一页日记上留着一首 1967 年 1 月 18 日写的诗。

　　诗歌的标题是《当我见到你时》。

　　当我见到你时

　　再也见不到你的日子让我害怕

想要和你一直说下去的感觉让我痛苦

当我和你说话时

和你在一起漫长得甚至无聊的日子让我害怕

和你说话意犹未尽的感觉让我痛苦

过了三十岁后的第一首诗，恐怕也是最后一首诗，但只有十五岁时写的一半漂亮，这让我无地自容。

日记中这样写着。

在几次约会之后，两人照例在逛完画廊后走进咖啡馆，山内无意识地谈起自己的工作。

"我考高级公务员得了第二名。不过，我特别想干福祉类的工作，所以主动选择了厚生省……"

听了山内的话，不可思议的是，知子没有觉得山内是在自吹自擂。

（真是有信念的人啊……）

知子真诚地想。

大概就是从那一刻起，知子开始爱上这个不懂浪漫、笨嘴拙舌的山内。

1967 年 3 月，知子从旭陶公司辞职，回沼津的父母家筹备结婚事宜。两人的约会也变成了打电话和写信。此时，山内正处在制定公害对策基本法最繁忙的阶段，但沼津和东京之间还是每天都有信件往来。

为制定法案连续通宵达旦的山内，也经常在写给知子的信中提及

基本法的事情。

（昭和 42 年 4 月 8 日）

每天依然忙得不可开交，有所怠慢。昨天开始进入法制局审查公害对策基本法案的阶段，制定法律的专家逐条审查，我边冒着冷汗边在加油。

我担心这样的速度能不能按计划五月初提交到国会（这句话针对国民），抽不出空余时间我深感抱歉（这句话针对……）。

（4 月 14 日）

回家已经十二点半了。和约会结束后回家不同，花一两个小时讨论完了该选"公害防止措施"还是该选"有关公害的防止措施"或者干脆定为"公害对策"这种无关紧要的问题后走，在回家的夜路上没有任何情调。制定法律的难处和乐趣出人意料地体现在这些事情上，所以当事人既十分较真又饶有兴致地争论不休，我无可奈何。

（4 月 19 日）

周一承蒙各位特意安排了款待，我很遗憾也十分抱歉。务必代我向大家致歉。

从周一开始每天早晨上班时间比较早——不过也在八点半了，一天几乎都是会议，虽说能早点回家但也是筋疲力尽。

去防卫厅讨论坦克车的声音是不是公害，被叫去行政管理厅挨训；声称准备新设立公害对策审议会，立刻废除公害审议会（现在所属厚生省）；加上产业界要求厚生省放手公害问题的动向十分强势，真是心力交瘁的临产期（基本法的）。

进展顺利的话，下周就能完成政府提案进入记者发布阶段。也许那时可以通过电视在厚生省记者会见室和我见面了（当然我在显像管的一角大概也就是被扫到个身形而已）。

发布后也会大忙一阵。国会审查不知什么时候能结束。我决定还是不要净说自己忙吧。

（4 月 29 日）

时隔多日终于一起吃上一顿饭，快乐的"二十八日"还是过于匆忙，内心略有遗憾。今天下午的工作也一直持续到近十点，这才正要出门。我们约好的三日和五日看来也危险。虽说为了佐藤内阁的面子，二十一日就要提交到国会，但法案条文无法确定，执政党的斡旋也从现在才开始，所以日历上的红日期要涂黑了。虽说见面时老强调工作忙被你嗤笑，但确实是全身心投入忙得不可开交，请尽力为我加油。很多人的信条是不紧不慢做公务员，不犯大错。但成天被头痛的工作追在屁股后面才是公务员的福利，对这一点我甚是喜欢。

（5 月 1 日）

虽然难言熏风微拂，但已是五月明媚的清晨。翻开日历上的新页，望见窗外迎风飞舞的鲤鱼旗颇感新鲜，人的心情真是不可思议啊。

　　昨天祖母从福冈来电话，执意要整理相册后寄给我。很长时间没有和祖母通话，听到老人家不可思议的、开朗的说话声，我十分高兴。一听她说"你小子脸长得不俊，要好好照相"的话就和别人说我驼背一样，心都凉了半截。祖母最宠爱我父亲，好像总是把我和父亲对比。据说我父亲的口头禅是"我是长子，所以必须赡养父母"，但他抛下亲生儿子自己却死了，这绝对算不上孝子。

　　尽管如此，祖母和祖父总是在夸活着时候的长子，有时也得罪下面的几个叔父。

　　祖母嘴上说你把人带回来家里这么难吗，家里连个座都没有吗？看来心里很想见你。上了年纪嘴巴不饶人，但看到你的照片（我也只寄去过两张），一个劲儿地夸奖，让我浑身起鸡皮疙瘩。

　　我想总得回去一趟，但五月中旬好像有些勉强。原定二十日以后去熊本出差收集水俣病的资料，看来要和之后的山口出差一样让人代替了。（后略）

山内的日记和信件中，提到"水俣病"一词的只有这一处。当时，继熊本之后，新潟县也出现了水俣病，成了重大社会问题，政府至今甚至没有公布致病物质，行政的无能和不作为受到了强烈批评。

　　对于山内来说，去水俣之事，可以说是他进入厚生省之后首次直接接触水俣病问题的机会。

（5 月 2 日）

回家已过了一点钟。明天一天要干的工作也全都带回家来了。看来一九六七年的黄金周不会变成快乐的二人世界，而将成为令公害基本法破土而出的地表最大战役——原题"最漫长的日子"。

昨天各省厅联络会议成了一场混战。今天早晨的新闻称那是通产省的战略。没那么回事，昨天《朝日新闻》晚刊上的报道不也是总理府让写的吗？

全都是些给人添乱的事，情况就是这样。重要内容的讨论变成了无谓的争论。能不能形成政府的最终方案，系着红领带的良心派——山内丰德先生会一脸愁绪地持续关注着。遗憾的是，我没本事要求他们痛快地表态是不是真的想消灭公害。我只是以旁听者的身份坐在高处就主持人（总理府）的提问从技术层面上进行解释。即使有人告诉我有电话（当然是从沼津局打来的），我也无法中断。为此，我招呼在先。

进入 5 月，山内由于制定基本法对策过于疲劳，小时候患过的骨髓炎再次复发。他拖着疼痛的双腿，连日工作到深夜。

（5 月 15 日）

明天就要提交内阁会议了，围绕基本法的骚动仅剩最后一轮。忙碌加上腿痛，之前连给你写信也感到力不从心，现在暂且松了口气，连腿上的疼痛也觉得减轻了。

我既害怕让你担心，又想让你为我担心，两种心情交织在一起，忐忑不安。昨天电话里听到你的声音后莫名安心下来。

虽说不是什么了不起的病，和病人比起来，身边的人倒是更担心病情。这两三天我时常在想你是怎么想的。

已经是超过十七年的骨髓炎了，所以一直以为只是小时候得的病，说实话精神上还是受了些打击。

(5月16日)

电话确认基本法在内阁会议上顺利通过。下周就该进入国会审议了。公害方面的委员长是社会党，充其量受些刁难吧。

尽管打印出来的法律文书只有十页纸，但从去年八月进入公害科起草向公害审议会提交的各种报告——厚生省试行案、各省厅联络会议案，到现在历经近十个月的时间。尽管不是我自己一个人的作品，可一旦成型还是令我感慨万千。

制定法律，首先无疑是政策问题。

所谓保护人的健康谋求与经济的健康发展相互调和并保护生活环境……厚生省的提案是保护人类健康、保护生活环境……如果在调和的名义下，以人为本的公害对策一旦发生倒退，法律上的这句话便很可怕。

本次的工作让我深有感触的是，其一，产业界出人意料地不信任国家。只是因为以厚生省为核心推进公害对策就受到了如此强烈的抗拒，一想到这是日本经济对国家的不信任，我就不禁毛骨悚然。资本家和革新政党这两个水火不容的群体出于各自对国家不信任的想法而聚合在一起，政府竟然还能维持下去，真让人钦佩不已。

其二，是政府官员的激情。只要聚在一起便唾沫飞溅，争论不休，却无人加以制止，真的了不起。人们常说政府官员是懒惰的群体，为什么他们还对工作有着如此激情？彼此毫不妥协，所以最辛苦的还是厚生省。说到底，中间的调停者是吃力不讨好的角色吧。我也不是很有耐心的人，所幸的是掌握了耐着性子倾听各种争吵的技能，大概将来可以胜任官房长官吧。

山内在写给知子的信中提到的制定公害对策基本法时遇到的困难，以及他的上司，即当时的公害科长桥本道夫时，这样谈道：

"在基本法制定的过程中，我们受到了非同寻常的指责，而且来自完全对立的两个阵营的指责。产业界说：'你太严苛，不是赤色是什么，和无政府主义者穿一条裤子。'而另一方市民运动的人说：'你是资本家的走狗。企业的爪牙。'他们就是这么指责的。现在仔细想来，被指责其实是一件很好的事。自己坚持做正义的事，受到来自两侧逆向的夹击，这对于环境公害行政来说，是极其必要的条件。"

与山内对这次法案制定过程中来自各方面的压力感到"毛骨悚然"相反，桥本觉得这种压力对于行政而言是必要的，他认为"是一件很好的事"。

这种差异，来自两人对待行政工作的态度上的差异，以及来自个人资质上的差异，如果从两人后来在发展方向上的差异来看，这一时期在认识上的差异还是颇耐人寻味的。

（5 月 15 日　来自知子的信）

报纸上出现了大标题"拒绝公害"，人的异化到了无以复加的地步。虽然有点后知后觉，我还是被问题的严重性惊吓到了。一想到某人从容不迫地挺身而出，俨然一位英雄，觉得非常不可思议（庆幸吧）。

英雄的你发出了不安的声音，所以梦想和希望都崩塌了。需要定期往返医院治疗很长一段时间吧。谁的笑容也代替不了医学。请不要性急，治疗到痊愈。

（5 月 17 日）

从来信中难以了解你的症状，骨髓炎应该是慢性病，痊愈需要时日吧。做好这样的心理准备，一开始就务必下定决心治好它。病因来自工作过于疲惫和缺乏营养这着实让我担心。在这里喋喋不休可能对你无济于事，但我还要补充一句，当然首先是为了你自己，也请别忘了还有我。

纸上文章做得很热闹吧？作为国民中的一员我不希望画饼充饥，真心希望你成为我们的救世主。虽然也有些怨你为此事把身体搞成了这样……

山内的骨髓炎恶化，必须住院两周专心治疗。

结果，他没有去成水俣。

7 月 21 日，公害对策基本法案在国会获得通过。这是在通产省以及经团连的压力下几近难产才最终诞生的法律。

正如山内写给知子的信中所提到的，该法律写着一句话，将目的定义为"谋求与经济的健康发展相互调和"，在堪称公害行政的"圣经"这一基本法中，嵌入了"经济"一词，可以说这是有着非常重大意义的事件。在那之后，公害行政总是在国家以及企业的经济发展和国民健康生活的夹缝中摇摆不定地向前推进。

> 时逢春寒，想必阁下安泰
>
> 谨此郑重告禀阁下，我们将在常盘化工社长高崎芳彦夫妇的证婚下举行婚礼
>
> 婚礼当日并将举行小型宴会，诚邀阁下百忙之中拨冗出席，特此知照如下
>
> 时日　三月十日（周日）正午十二时起　　婚礼
>
> 　　　　　　　　　下午一时起　　宴会
>
> 地址　"竹荣"沼津市上土町
>
> 　　　　　　　　　　　　　　　昭和四十三年二月吉日
>
> 　　　　　　　　　　　　　　　　　　　山内丰德
>
> 　　　　　　　　　　　　　　　　　　　高桥知子

1968 年 3 月 10 日，周日，晴空万里。

山内丰德和高桥知子，在知子的娘家沼津举办了婚礼。丰德 31 岁，知子刚满 26 岁。婚礼规模很小，包括知子的亲朋好友和桥本道夫等厚生省的相关人士在内，共邀请了 30 多人出席。

蜜月旅行目的地是箱根。计划 3 月 10 日、11 日住在箱根，12 日去伊豆。婚礼结束后，两人刚抵达箱根町的姥子酒店，山内便接到一个电话，是厚生省打来的，希望山内无论如何第二天返回厚生省。追到蜜月旅行酒店的电话让知子感到惊讶，提出结束旅行返回东京的丈夫更让知子十分吃惊。但是，山内说这是工作上的事，知子也着实无法反对，于是两人决定返回东京。11 日，两人坐了一下芦之湖的游船，这是知子对旅行的唯一记忆。

回到东京，两人住进了位于九段千鸟之渊的费尔蒙酒店。

第二天清晨，山内离开酒店去厚生省，知子望着丈夫前去上班的背影无比感慨。

（这就是开始吗……）

从这一天起，知子开始了她身为官僚妻子长达 22 年的生活，也是她重复几千次地目送丈夫背影的开始。

丈夫对知子没有提过任何要求。他也从来没有抱怨过她，希望她这么做，不希望她那么做。从某种意义上来说，他甚至善良到了无趣的地步。

一起生活后，丈夫比知子想象中更加少言寡语，尤其对于工作，只字不提。所有事情他都一个人解决。

面对回家后不怎么开口说话的丈夫，知子屡屡恳求他和自己说些什么。每当此时，丈夫总是回答：

"嗯……不过，不想在家里谈工作上的事。"

丈夫把工作当成生活的全部，因此在家里越发没有了夫妻之间像样的交流。丈夫在干什么、研究什么、想些什么、为什么烦恼，知子一概不知，这种状态一直在持续。

某天，由于不安而变得快要神经质的知子跪坐在被褥上，面对刚进家门的丈夫，眼泪扑簌簌地流了下来。

"拜托了，请和我讲讲今天做过的事情。吃了什么、读了什么，一件件讲给我听听。"

对于经过再三考虑说出此话的知子，丈夫的回答依然一成不变：

"嗯。不过，我不想说。"

听了丈夫的回答，知子决定一不做二不休。

"明白了，那好，从今天起我们分开睡。晚安。"

说着，知子拿起自己的被褥去了隔壁房间。这下丈夫吓得不轻，无所适从地跟在知子身后。

"请别这样啊。"

丈夫说着，走到知子的被褥旁边呆立着，看上去真的一筹莫展。

新婚当初，知子试着用这种办法对付丈夫，不久就放弃了。丈夫就是不开口。那种顽固，让人觉得来自某种信条。逐渐地，知子习惯了从下班回家的丈夫的表情中想象他今天工作很顺利、今天工作不顺利，从而让自己学着接受。

不过，也有极少数的例外。有时两人餐后喝茶，丈夫会将厚生省相关的杂志放在桌子上推到知子跟前，那上面有山内写的随笔。

他既不会说"你读读看"，也不是想听感想，但是，那一刻的丈夫看上去有那么点幸福。知子也开始觉得，这就是那个不懂浪漫的人表达爱情的方式吧。

某日，丈夫对知子说：

"你应该嫁一个更简单的男人。"

"那你为什么娶我？"

知子开心地反问道。丈夫起初有些不知如何回答，随后半开玩笑地说：

"第一次见面那天，在涩谷站看着你跑向公交车站的背影，我心想，如果就这么拒绝的话，这个女人也太可怜了。"

丈夫说着笑了起来。

第五章

代偿

1968 年 5 月 1 日。

结婚不到两个月，山内接到调令，从厚生省被派往埼玉县厅工作两年。他在县厅的职位是民生部福祉科长。

厚生省有一种制度，即每年按惯例以这种方式向地方派遣干部预备生，让他们亲身体验第一线的福祉工作。这在其他省厅也相同，只是时间前后有些差异，比如大藏省是在入省的第五年将干部预备生派往地方税务署担任税务署长。据说这是为了培养组织系统中的领导人。

新婚不久的山内和妻子知子两人，住进位于埼玉县浦和市（现埼玉市）别所沼的机关宿舍，开始了新的生活。这是山内进入厚生省工作的第九年，时年 31 岁。

在县厅工作的官员，晋升科长最早也要在 40 岁前后。从中央派来的青年精英，要和一线的职员们同心协力，推进工作中存在的诸多难点。当时埼玉县的福祉科，人员总数 52 人，分成 8 个部门：总务股、企划股、保护股、医疗股、社会股、同和对策股、更生股、老人福祉股。

山内作为科长，总体负责福祉行政工作。山内后来回忆，那段时间是自己过得最快乐的时光。

山内上任时，埼玉县前一年9月刚举办了国民体育大会，无论是预算还是精力都在那上面消耗完了。伴随经济高速增长，流向城市的劳动人口令埼玉县人口持续激增，住宅、道路、学校等文化设施的建设无法跟上，保育设施和公园数量也不足。尤其是福祉政策极其落后，重度残疾人的设施以及政策处在堪称一无所有的状态。

山内接过前任已经开始着手实施的设施建设计划，将残疾人对策落实于具体行动。当年11月21、22日两天，山内前往当时拥有先进残疾人对策的大阪、爱知县进行访问和调查，制订了埼玉县岚山町为重度残疾人服务的"岚山乡"建设计划。他和科长助理富张武次两人前去拜会县知事。

当时担任县知事的是连续四次连任、长期执政的栗原浩。

"我充分了解设施建设的必要性。可是，国民体育大会用了大量预算……体育设施差不多都全了。下水道、自来水、道路的建设还稍差点，需要在这些方面花钱，还顾不上残疾人的问题呢。"

听了山内的来意，栗原搪塞道。

"知事四次连任，不是提出了四个目标吗?第一个不就是充实社会福祉吗?这可不是说一句没钱就能糊弄的啊。"

山内追问知事，寸步不让。

经过山内和知事的交涉，残疾人设施的建设得到了批准。设施建成是在1975年，即山内回厚生省之后，但在该残疾人设施建设中，山内发挥的作用委实不小。

目睹31岁的新任科长在知事面前寸步不让地与之交涉，科长助理富张对当时的山内印象极其深刻。按照富张长期在一线工作的经验，从中央官厅派来任职两年的科长，尽管几乎都是头脑极其聪明的人才，但是他们中的大多数人只求两年中不犯大错，争取尽快返回原来的省厅，并不会积极主动地开展福祉工作。科长一上任就和知事意见相左，实属前所未闻。

（这次的科长完全不同啊……）

富张如此想到。在山内的任期中，富张始终担任科长助理辅佐山内开展工作，与山内同甘共苦。

之后，山内开始计划同和对策。受歧视部落的生活环境改善问题、部落民的教育、就业歧视问题等，在战前就作为重大问题而存在，无论国家还是地方自治体，几乎都将这些问题束之高阁。虽然1965 年国家出台过"同和对策审议会报告"，制定了同和对策的方针，然而，在地方自治体，"不要弄醒熟睡的孩子"的风气依然是绝对主流。

面临如此局面，山内依然提出让当时不足四人的部门独立出来，成立"同和对策室"。

"用捂盖子的方法对付臭气是行不通的。以为只要把那个地方盖上就万事大吉了，这是行政工作最坏的做法。必须给弱势的人群以机会，让有能力的人得到充分发展。"

山内在会议上如此一番发言，争取到了为受歧视部落内建设公路的预算，以求努力改善地区的环境。

当时，在埼玉县的部落解放运动中发挥核心作用的是部落解放同盟的野本武一。野本多次去县厅与负责人展开激烈辩论，不少负责人由于害怕野本凶狠的态度而退避三舍。就在这种状态下，出任 1970年 10 月 1 日新设立的同和对策室长的山内，开始从正面着手解决这一问题。

在埼玉赴任期间的某年正月，山内计划带知子前往当时位于大宫市大成町的野本家拜年。当时人们对部落有着很深的偏见，知子周围的人告诉她"会有人用日本刀恐吓你""会有人泼粪泼尿吓唬你"，知子听后十分害怕。

"我怎么嫁给干这种工作的人……"

知子忧心忡忡。

然而，在做好充分的心理准备前去拜访时，她才发现野本是个非常温和的人，与山内进行了平心静气的交流后，这天的拜访便结束了。知子的畏惧情绪也消失得无影无踪。与此同时她也明白了，受歧视的部落民由于毫无根据的偏见，形象受到歪曲并被传播开来。

某天晚上，下班回家的山内随口向知子提了一句：

"今天野本对我说：'科长，你好厉害呀。'"

知子虽然不知道具体发生了什么，但山内看上去非常高兴。

山内接下来的行动是解决老人福祉问题。作为官僚，山内优秀的品质之一在于他独具前瞻性的眼光。重度残疾人设施、同和对策，两者都是先于国家行政的举措。老人福祉对策，从全国范围来看，当时还处在几乎无从入手的状态，山内已经看到了这一工作的重要性。

"富张先生，老人问题从现在起肯定会成为国家性问题。我们只有四个人，太少了，不增加人手不行。"

他在这么告诉富张的同时，也开始付诸行动，将老人福祉股升格为老人福祉科。

和开展的任何一项工作相比，山内激情四射的工作态度是对年轻职员的最大教育。

"富张先生，我们的职员都很优秀，有相当好的素质。我们要尽力提携他们。"

山内经常这么说。并且，他还一一和年轻职员吃饭，热情地谈论福祉事业。不可思议的是，据说他的谈话完全不是说教。

"人呢，没有爱他人之心就不是人……这不限于福祉工作。所有从事行政工作的人，最基本的素质是要有一颗爱别人的心。"

"必须理解对方的想法，然后加以回应。仅仅站在自己的立场来判断，干不好福祉工作。"

"不能屈服于权力……要站在正义的一方，不是站在强势的一方。靠人数得势的人中，一定也有一两个是站在正义一方的人。我们必须倾听这些少数派没有发出的声音。"

"福祉的真谛不仅仅是给予，帮助对方自立才是福祉工作应该发挥的作用。他们有时候也需要棒喝：你要加油！态度端正点！"

过去，福祉科长将前来申诉的人都交给科员处理，这是惯例。山内却亲自与申诉人见面，倾听他们的诉求。据说每到这时他就显得精力十分充沛，又非常快乐。

计划两年的任职到期时，职员中有人提出是否可以请山内科长继续干一段时间。民生部长田甫达郎直接去请求厚生省的人事科长，这是特例。

"山内君开展的同和对策项目好不容易才走上轨道。在不影响他回厚生省后晋升的前提下，能够请他推迟半年回省厅工作吗？"

田甫直率地提出了请求。吃惊的是省厅的职员。

"一般来说，省厅来人其实是种麻烦，地方上盼着他们尽早离开。希望来人再留一段时间的，这在厚生省还是第一次遇到。"

厚生科负责人笑着回答。

田甫的请求得到了应允，山内以福祉科长的身份在埼玉县又工作了一段时间。

1969 年 6 月 19 日，山内在埼玉县工作期间，长女出生了。

山内打算，如果是男孩的话取名为"丰贵"，他没有考虑过女孩的名字。知子为生产入住的医院是位于沼津娘家附近的上香贵医院，不知所措的山内从知子的名字中取一个"知"字，从医院的名称中取一个"香"字，给女儿取名为"知香子"。

山内并非不喜欢孩子，但育儿工作他全部交给了知子。也许是官僚这一职业公务繁忙的缘故，知子觉得丈夫身为父亲的意识很淡薄。

在山内的记忆中，少年时代从未享受过父爱和母爱。在他开始记事时，母亲已经离家，父亲上了战场。父亲如何与孩子相处、丈夫如何与妻子相处、如何表达爱，他的身边缺少具体实例。在还没有学会如何表达爱之前他就已长大成人。他虽然成了人夫、做了人父，但他并未掌握表达爱的技能。然而，这并非因为他没有爱。他对他人发自内心的爱，以福祉行政的形式释放出来。换言之，他对福祉事业的投入、对弱者的关爱，可以说是他对妻子和女儿这些最亲近的人无法完美表达的爱的代偿。当他作为一个官僚越真挚地投身于事业时，他的人生便越让人觉得稚拙而悲哀。

1971 年 5 月 1 日，山内回到厚生省。最终，他在埼玉县民生部的福祉科当了三年科长。山内回到省厅的那一天，民生部里设置了山内期待已久的老人福祉科。他三年的作为和言论，长久地留在了富张等众多职员的心中。

山内回到厚生省，他从年金局年金科重新起步的 1971 年，是日本的公害行政具有划时代意义的年份。日本全国多点爆发的公害引起了社会的强烈关注，公害反对运动出现了前所未有的态势。

1970 年 12 月末，"公害国会"召开，通过了 14 项与公害问题相关的法律，与此同时，从山内执笔制定的基本法的前言中删除了"与经济调和"的条目。在制定 1972 年度预算的过程中，决定设置环境厅。四日市公害诉讼案，以原告患者的全面胜诉告终，这一时期，公害行政事业在舆论的推动下，取得了重大进展。

1971 年 7 月 1 日，山内回到厚生省两个月后，环境厅以预算 39 亿 7000 万日元、编制 502 名职员的规模正式成立。虽然是个小家庭，但这是背负着国民期待所迈出的第一步 [1]。500 多名职员，分别来自 12

个省厅——厚生省 282 人、农林省 61 人、通产省 26 人等。围绕局长、官房长官等职位应由来自哪个省厅的人担任这一问题，自然发生了争执。最终制定了一个规则，即位列前三的事务次官、企划调整局长、官房长，由厚生省和大藏省轮流担任，水质保护局长由农林省担任，审议官由通产省担任，事态因此得以平息[1]。可以说，和团结一致、对付公害相比，如何将环境行政朝着对自己的出身省厅有利的方向发展，才是官员们最关心的。就在如此复杂的背景下，环境厅开始运作。1971 年便是这样的年份。

从诞生时的这一状况来看，环境厅的起步距离"一帆风顺"相去甚远。而且，起步伊始，身上的包袱就不在少数，其中之一便是水俣病。

为代代木的新办公楼挂上"环境厅"标牌的第一任环境厅长官山中贞则，随之被来自"水俣病告发会"团体的 30 人团团围住，申诉状递到了眼前。这是一宗象征环境厅命途多舛的事件[2]。

当时，水俣病问题云遮雾罩。自从 1959 年厚生省的调查报告被暗中否决后，新日本窒素水俣工厂，对废水没有采取任何措施，一直在随意排放。当年 12 月，水俣工厂在排水设备中安装了净化装置，显示了解决问题的态度。但是，后来才发现，这一净化装置对有机水银没有任何净化作用。工厂方面从一开始就了解这一点，却对渔民和

---

1. 川名英之：《日本公害纪实第2卷》，绿风出版，1988年，137页。

2. 同上，148~149页。

媒体加以隐瞒，他们只是为了掩饰而采取了卑劣的做法。

企业和行政部门没有从水俣身上吸取任何教训。1965 年，发生了新潟县阿贺野川沿岸的昭和电工乙醚制造工厂排放废水造成的水银中毒事件，这意味着出现了新的新潟水俣病。

针对熊本水俣病和新潟水俣病的政府见解，遭到通产省等省厅的抵抗，难以公开，直到 1968 年 9 月 26 日，终于由厚生省和科学技术厅对外公布。从官方发现熊本水俣病算起，实际上已经过了 12 年零 4 个月。

> 水俣病是由长期大量食用水俣湾产鳞介类动物所导致的中毒性中枢神经疾病。致病物质为甲基水银化合物。新日本窒素水俣工厂的乙醚醋酸设备内生成的甲基水银化合物，混合在工厂废水中排放后，对水俣湾内的鳞介类动物造成污染，当地居民食用了体内留有浓缩的甲基水银化合物的鳞介类动物而致病 [1]。

确定致病原因为窒素公司排放的废水后，围绕水俣病的问题集中到了两点上。其中之一就是与赔偿金相关的问题。

患者家属互助会，自 1959 年在被强制接受了低额的慰问金后，未再开展积极的活动，但在官方表态后，重新与涉事企业开始了赔偿方面的交涉。但是，互助会内部经过多次争论，最终分裂成两派。一

---

1. 川名英之：《日本公害纪实第1卷》，绿风出版，1987年，74~75页。

派是主张交由厚生省决定赔偿金额的所谓"一任派"（65户家庭），另一派是主张交由法院仲裁的"诉讼派"（28户家庭）。

1970年5月27日，窒素公司针对"一任派"定下了赔偿金额，即对死者一次性赔偿170万日元至400万日元，对生存者一次性赔偿80万日元至200万日元、养老金17万日元至38万日元。然而，这只是重大事故给予死者赔偿金额的五分之一。

"诉讼派"的112人则对这一低廉的赔偿金额提出了抗议。同年6月14日，他们向熊本地方法院发起了标的总额为6亿4000万日元的诉讼，水俣病问题就此进入了法院斗争的时代[1]。

另一个是围绕水俣病认定制度的问题。1959年12月25日，为了审核熊本县水俣病，设立了"水俣病患者审核协议会"。该协议会负责对患者的诊断、患者出入院的审核。1961年9月，厚生省对协议会进行改组，成员由7人增至10人，重新设立了"水俣病患者审核会"。该审核会之后则负责审核水俣病的赔偿资格。然而，这一审核制度，对是否属于水俣病的认定基准十分严苛，被驳回的申请人占了绝大多数。1971年环境厅设立的当初，水俣病的这一认定基准出现了重大波动。被驳回申请的患者联合行动，提出了行政不服审核的请求[2]。

在这一形势下，1971年7月5日，大石武一出任第二任环境厅

---

1. 川名英之：《日本公害纪实第1卷》，绿风出版，1987年，83～89页。

2. 川名英之：《日本公害纪实第4卷》，绿风出版，1989年，102～106页。

长官。在大石担任长官约一年的时间里，他身体力行，为新设立的环境厅指明了发展方向。

8 月 7 日，大石要求熊本、鹿儿岛知事撤销驳回申请的裁决，与此同时，以事务次官的名义发出了有关水俣病患者认定条件的通知，这就是"46 年度[1]事务次官通知"。该通知旨在比过去更大范围地拓宽救助患者的道路，堪称是打破了医学界以及各省厅间界限的一个英明决断。

> 从认定申请人迄今为止的生活史，以及其他针对该疾病的流行病学资料等方面进行判断，在无法否认该疾病是由当地相关水质污染影响所导致的情况下，该患者的水俣病应视为由该影响所致，并迅速予以认定。

对于这一通知，大石在同年 8 月 26 日的参议院公害对策特别委员会上作了如下说明。

> 站在我们的立场，对于水俣病，无疑想尽最大可能地拓宽救助范围。当然我们希望尽力给予准确诊断，但是对于有疑问的病情，只要判断和水俣病多少有些关联，不也应该将其列入其中吗？

---

1. 即公历1971年。——译注

（中略）明白无误就是水俣病。从原因和结果来看都是水俣病的，当然不用多说。但是，如果和有机水银多少有些关系的话，我们也希望列入水俣病，基于这一考虑，烦劳大家再次进行讨论。

（中略）除了纯粹的水俣病之外，如果有其他症状的人，例如摄入了有机水银，或长期摄入含有水银旁系物质的各种食物，我认为在这种情况下，当然无法否认有机水银是致病源之一。因此，我希望能包括这种情况在内，通过更广泛的判断来进行认定[1]。

即便大石的想法在医学上尚存疑问，但是他想更多地救助因水俣病感到不安和恐惧的人们，这是基于人的良心的考量。当时，公害行政基于人的良心得到发展，至少是一个人们希望对其加以推进的理想主义时代。

环境行政乘着舆论东风短时间内取得了丰硕成果。1973 年的石油危机之后，经济高度增长期的神话到了崩溃边缘，企业为降低成本而削减了公害对策的费用，公害行政事业一度遭遇了逆风。甚至在短暂的顺风时期，也可以想见环境行政来自通产省、运输省等所谓站在经济界立场的各省厅的压力有多么巨大。

1972 年 2 月发生了象征这一压力的事件。

---

1. 《参议院公害对策特别委员会会议录》，1971年8月26日。

环境厅发布公告，环境厅大气保护局机动车公害科长榊原孝（41岁），1月28日离家出走，下落不明。榊原是制定排气控制法规的负责人，因此，他的失踪被新闻媒体铺天盖地地报道出来。

最近他向家人吐露"非常疲惫"，由于连续通宵达旦地制定预算，就控制标准与运输省进行斡旋，同时又要顾及汽车产业的发展动向，在精神压力巨大的日常工作中，他积劳成疾，出现了精神焦虑的症状。

妻子香代子说：

"去年年底，制定预算时连续通宵工作，进入1月以后，每天晚上九十点钟回家，嘴上总是唠叨'累累累'。去年夏天，刚接到任命时他说过这是'很难干的工作'，不过，他在家里绝口不提机关里的事，所以我没有任何头绪。我一直觉得他是很开朗的人。进了新的机关，大概干得很辛苦吧。他喜欢喝酒，每天都喝，但最近喝酒的量也减少了。他身体很好，几乎没有因病请过假。"

当时的报纸能见到以上报道。

榊原，1953年毕业于名古屋大学工学部，进入运输省汽车局管理部机动车辆科工作后，直到环境厅成立，他一直从事着和机动车辆管理有关的工作。环境厅成立的同时，他被派往机动车公害科担任科长。在公害科任职的当时，他参与制定柴油机一氧化碳的排放标准，需在3月提交结论。

　　这一法律，遭到了汽车行业及运输省的强烈反对，理由是当前技术水准成本过高，不适宜大力推广。由于老东家运输省的意向和环境厅的态度不同，榊原夹在省厅中间为难，他曾对同僚吐露过自己的烦恼。他对妻子说："这个法律如果不能顺利出台，我就要辞职。我会重新找工作，你和孩子回娘家。"某日，他突然半夜叫醒妻子，拿出画有废气排放新法规的图表解释给妻子听，嘴上还不停念叨"麻烦、麻烦"，完全是焦虑症的状态。环境厅对负责法律制定工作的人员的失踪发出了严厉的缄口令，竭力隐瞒榊原失踪的事实[1]。

　　越是全身心投入环境行政，负责具体事务的官员就越痛苦，环境行政事业从它的起步开始就被蒙上了这一复杂的阴影。

　　20 世纪 70 年代前半期，与环境行政相同，厚生福祉行政也取得了飞跃性的发展，然而也存在着诸多问题，不过依然没有采取任何对策，听之任之。其中的一个问题就是癫痫病患者的救助对策。癫痫病在法律上被视为精神病，因此，与残疾人区别对待，不是福祉救助考虑的对象。松友了（"日本癫痫病协会"常务理事）本人也有个患癫痫病的孩子，作为家长，他对此持有疑问，并与十余位癫痫病儿童家长共同组成了"家长会"，带着申诉状去拜访当时的厚生大臣（斋藤邦吉），希望能将癫痫病列为福祉救助的对象。这是发生在 1973 年的事情。收下申诉状并将他引荐给厚生大臣的是山内。

---

1. 川名英之：《日本公害纪实第2卷》，绿风出版，1988年，163～267页。

山内回到厚生省，在年金局年金科担任了两年科长助理后，于是年 7 月就任厚生大臣秘书官事务员。作为福祉行政官员，山内似乎是在听了松友对癫痫病的说明后，开始对癫痫病没有任何福祉救助对策的问题产生了很大疑问。山内想方设法为救助对策奔走，当他意识到在法律方面完全无计可施时，便挺身而出，开始了个人对患者的救助。

"癫痫病这一疾病，在精神保健法这一法律框架下被视为精神病，存在行政对策，这一行政对策是在医疗区块中加以管辖的。山内先生是负责福祉方面工作的，也就是说是以福祉法为依据实施对策的。在美国等国家，癫痫病也是儿童残疾，是在福祉的框架内进行处理的，在日本却不是福祉救助的对象。

"我们在递交了申诉状后，山内先生担任了残疾人福祉科长。这个科主要是以身体残障儿童，或者精神有障碍的儿童为对象的。癫痫病从区块上来说当然不属于残疾人福祉科，但是，山内先生超出了科长、官员的身份，来支持我们的运动，进而还参与到运动中来。他让我们把'癫痫病协会'运动的宣传画报贴满整个福祉科的房间，每年义卖的时候，他都送来自己的物品。"

松友这样谈论山内。

一般而言，政府机构各自的管辖范围非常明确，按常规不会去插手其他部门的事情。松友也很清楚这一点，因此，他非常吃惊于山内的举动。那一时期，在山内的贺年片上，新年祝福下面印着"癫痫病协会"的介绍文，并呼吁如果新年贺年片邮票中奖的话，务必捐赠给协会，他还为此留下了私人信箱。山内为什么以个人的立场，如此支持松友等人的运动呢？

"我本人的孩子也是癫痫病患者，协会会员 6000 多人，大多数人是癫痫病患者的家属和专业医生，但他完全不属于这类人。而且，他只是一个行政官，并且是不直接管辖这一工作的行政官。他为什么支持我们，为什么那么关心癫痫病问题……至今我还没有弄明白……

"只是我自己的推断，有近 100 万儿童因癫痫病而痛苦，针对这一疾病却没有福祉方面的救助对策，山内以一个普通人的身份非常敏锐地看到了这一实际状况。"

松友这么理解山内的行为。从埼玉县回到东京后，1972 年，次女美香子出生，山内成为两个孩子的父亲。家庭生活中的山内，与为孩子操心的父亲形象相去甚远，但是，同为人父，他从个人的立场与松友等人的行动产生了共鸣。

孩子的教育全都交给了妻子。知子对山内说过："你成天操心一亿人的福祉，偶尔也为三个人的福祉操一下心吧。"据说山内的回答是："别说得那么过分。"

不过，这段时间山内所写的随笔中时常快乐地提到两个女儿，所以也不能一概而论地认为他完全缺乏身为人父的意识。下班早的时候，他也经常光顾位于涩谷专卖绘本的书店——"童话屋"，为两个女儿购买童话书。1979 年，两个女儿分别升入二年级和五年级。某日，山内家的电视机坏了，妻子和女儿要求马上再买一台，山内趁此机会让电视机远离家庭，约定每晚睡觉前为两个女儿读童话故事。由于这一承诺，山内去"童话屋"的次数也变得愈加频繁。彼得兔系列、格林兄弟的《哈梅林的吹笛手》《尼尔斯骑鹅旅行记》以及新美南吉、矢川澄子、坪田让治等作家的作品，一本接一本地放入了山内家的书柜[1]。

尽管存在遭遇逆风的危机，但是强烈的激情和正义感洋溢在福祉环境行政的第一线，在这一极其短暂的时期，山内身为行政干部，身为人父，沉浸在转瞬即逝的幸福中。现在回过头来看，这一切真的只是发生在刹那间。

---

1. 山内丰德写给矢川澄子的信，1981年4月13日。

第六章

误算

1978 年 7 月 3 日。

环境厅事务次官再次就水俣病问题发出通知。该通知标题为"促进水俣病认定的相关业务",针对水俣病的判断条件,各类症状从"单独、一般性非特异症状"变为"需进行综合性考量",即重视症状的组合,全面否定了上一次"对疑似者应进行救助"的通知。就这样,对水俣病患者的认定,重新回到严苛的基准。[1]

在大石长官发出"在无法否认水俣病的情况下应给予认定"的通知后,认定者的人数急速增长,至 1977 年 9 月末,水俣病认定患者达 1180 人,赔偿金额达 307 亿日元。石油危机导致经营收支赤字,窒素公司想尽量减少患者认定的数量。

政府考虑了两个针对窒素公司的救助对策。其一,熊本县发行"县债",以政府和窒素公司的主要业务协作银行——日本兴业银行为主导,将"县债"贷给窒素公司。其二,以"重新制定认定基准"

---

1. 马场升:《水俣病三十年 来自国会的证词》,Eidell 研究所,1986 年,546~550 页。

为名"抛弃患者"[1]。

抛弃患者的做法始于第二次发出通知的三年前，即起因于 1975 年 8 月发生的事件。熊本县议会公害对策特别委员会的委员长等二人，7 日前往环境厅，对水俣病救助对策发表了以下内容：

"不断有假患者申请赔偿金。"

"认定审核会很难判断假患者和真患者。"[2]

这一时期，以《新潮周刊》为核心对"检举假水俣病患者"进行了大肆报道。1977 年 1 月，《文春周刊》刊登了当时的环境厅长官石原慎太郎的发言：

"我打算用自己的眼睛来重新判断水俣病。对于疑似患者，当然可以通过医疗救助，但是，那是用县民、国民的钱财进行的救助，有的不是因公害造成的患者也在其中。患者团体大概有十几个派系吧，他们得到医生、新左翼、在野党的支持。但我想，那不是应该用意识形态来左右的问题。"（《文春周刊》，昭和 52 年 1 月 27 日）

经济进入增长低迷时代，不想为公害对策留出预算的企业和与企业继续保持合作关系的政府，以及始终迎合企业和政府的一部分媒体，为了抛弃包括水俣病在内的公害患者，开始有组织地行动起来。他们通过经济团体以及通产省，对厚生省以及环境厅有形无形地施加

1. 川名英之：《日本公害纪实第4卷》，240～247页，《每日新闻》1971年10月25日。

2. 同上，206～209页。

着压力。

既是这一压力下的"牺牲品"中的一个，又是对公害病患者而言发挥了加害者作用的，就是 1967 年与山内共同制定公害基本法的桥本道夫。

桥本在基本法制定结束后，又制定了二氧化硫的环境标准，进而，1973 年为了救助公害患者，制定了"公害健康损害赔偿制度"，要求污染企业预先提供预算，对患者进行赔偿。桥本的官僚生涯是与日本公害行政的进步与发展历程同步的。然而，1975 年 8 月，就任环境厅大气保护局长的桥本，将当时被视为综合污染元凶的二氧化氮的环境标准降低了三倍，受到公害患者的强烈指责，称他为叛徒。

在这一法规改恶之前，1975 年 4 月 11 日，《产经新闻》与逼迫进行标准修改的企业、通产省步调一致，在"正论"栏里刊登了题为"必须纠正不正当的环境行政"的论文。笔者在文中严厉指责二氧化氮的环境标准不当，以"美国钢铁制造业的最高巨头（在得知这一情况后）告诉笔者：'在其他国家闻所未闻的赔偿制度和过于严苛的标准、居民运动等重压下，日本的企业恐怕会破产'"煽动石油危机后百姓的不安，全然无视支气管哮喘等患者的痛苦，呼吁修改标准是当务之急。这位执笔者就是当时东京工业大学名誉教授清浦雷作。20 世纪 50 年代，在调查水俣病致病原因的问题上，力主非有机水银论的清浦，到了 20 世纪 70 年代，再次成为通产省的代言人，为环境行政的恶化发挥了巨大作用。

1973 年 5 月制定的二氧化氮环境标准是日均 0.02 微升 / 升。这一标准一出台立刻遭到了汽车制造业、钢铁制造业的强烈反对。桥本于 1978 年着手修改环境标准，全面反映了这些企业方的意图。

"我感同身受地理解 1973 年制定二氧化氮日均 0.02 微升 / 升标准时制定人员的心情。水俣病重演了，四日市出现了公害。

"四日市大气污染的严重程度令人触目惊心，我们有二氧化硫详细的流行病学数据。不过，对二氧化氮的研究还没有进展到那一步。但是，如果等到数据完备的那一天，大气污染会严重到什么程度？所以，必须'当机立断'，当时制定那样的标准，我十分理解制定者们的心情。

"但是，我脑子里还存在几点疑问。

"二氧化氮日均 0.02 微升 / 升这一数值，从越严越好的角度来说当然没有问题。可是，一直和我们合作的研究团队的意见是，仅靠目前的数据不能那么简单粗暴地下结论。

"如果视社会性、政治性价值高于一切，那么目前痛下决断的方向是正确的，然而，行政不应只将社会性、政治性价值放在高于一切的首位，还须从科学性、公正性，以及各种问题的平衡角度来加以判断，所以还是感觉到这个标准有些站不住脚。

"还有一点，日均 0.02 微升 / 升的数值，是极其干净，类似于北海道地区非常罕见的空气条件。因此，将这一条件定为标准，实在没有可操作性。我能理解越严越好这一逻辑，但是，这在公害行政业务的实施上是非常困难的。

"因此，在我担任大气保护局长的 1975 年，决定进行科学上的再检讨，仔细研究五年中的新数据，看看会出现怎样的结果，以此为基础来加以判断。也就是说，我们对始于 1973 年截至 1978 年的所有新数据进行了确认，最后对标准进行了修订。"

桥本道夫回顾当时的情况如是说。

1973 年制定环境标准，由于数据不全，基于的是政治性判断；1978 年修改标准，遵从的是科学性判断。这是桥本所强调的。

1978 年 3 月，中央公害对策审议会向环境厅提交了报告书，二氧化氮的标准放宽了三倍，由日均 0.02 微升 / 升调整至最大 0.06 微升 / 升。

关于修订这一标准的意图，在 7 月 6 日的国会上，桥本受到了严厉追究。

　　　提问人：各自治体一直在制订公害防止计划。那些公害防止计划，迄今为止为能尽力达成现行环境标准做出了巨大努力。尽管承受了来自商界和企业界的各种压力，但大家力排众议努力前行。然而，反观环境厅最近的动向，甚至在不得不经过与企业激烈冲突后才积累起来的有限成果，也轻易打了水漂。事实上，人们对环境厅产生了强烈的不信任感。这次修改标准，对过去越是认真制定二氧化氮标准的人造成的伤害越大。对于自治体一直在做的努力，您是怎么看的？

　　　桥本：对于修改标准的问题，我作为大气保护局长现在处于最痛苦的状态。对于迄今付出了巨大努力的人，我深感抱歉。不管被人指责为叛徒还是其他什么，我的内心都充满歉意。我觉得责任在我。

　　提问人：我想您大概也被反复要求提交了各种让您十分痛苦的报告吧。不管地方自治体骂您是叛徒还是什么，您还是我行我素。这就是您的解释。（中略）好像有个影子缠在桥本先生身上。我觉得桥本先生在环境行政方面是一个口碑不错的人。您这次改变初衷是什么缘故？希望您考虑一点，在某种意义上，这件事现在对大家来说非常重大，或者说包含不被人理解，您的确承受着越来越大的压力[1]。

　　在国会围绕放宽标准的这一争议中，由钢铁联盟出资的财团法人"钢铁设备窒素酸化物防除技术开发基金"（通称 NOX 基金）以研究费的名义，为 65 位学者发放了 6 亿日元，此事遭到披露。这些学者中，也包括这次修订标准而向环境厅提交报告的中央公害对策审议会的成员，因此，报告的科学性本身就受到质疑。

　　提问人：我认为，与大力推动环境标准走向放宽的钢铁联盟、石油联盟、电力协会以及汽车行业等有着千丝万缕联系的学者，不可能进行认真审议。那些与此有关联的人戴着学者的假面具，一个个都成了中公审等专门委员会的成员。在此我们姑且不论他们对结果是否产生了影响。但是，仅就他们受到如此厚待而言，他们也无法违背那些企业以及由企业构成的财团的意志，难

1.《参议院公害对策以及环境保护特别委员会会议录》，1978年7月6日。

以提出批评意见，这不正是社会上的一般常识，不是人之常情吗？（中略）

说实话，我有一种强烈的感觉，甚至桥本先生也无法完全抗拒来自商界的压力。

关于这一标准的修订，桥本在他的著作《环境行政个人史》中谈到来自经济界的攻击和压力："为什么不学习美国以及国际上的其他国家，将年平均值设置为 0.05 微升 / 升？年平均值 0.02～0.03 微升 / 升这一标准严苛得没有必要。[1]"

患者们批评桥本的行为是屈服于压力的叛变。

但是，桥本却完全没有自己是叛变者的意识，因为对桥本而言，行政既不是百分之百地站在患者一侧，也不是站在企业一侧。桥本认为，需要在考虑舆论和时代状况、公害反对运动的激烈程度、经济增长率等情况的基础上做出最为平衡的选择，寻找这种折中方案正是行政的工作。这样一来，行政的判断，面对以金钱和政治为背景进行施压的一方，是否总是处于不利局面？

桥本说：

"存在没有压力的社会吗……哪里都有啊。在政府机关，大家分担的责任不同。如果要问怎么来取得平衡，我的回答是通过争论取得平衡。要问环境与经济的调和如何取得平衡，那就是通过激烈的争论

---

1. 桥本道夫：《环境行政个人史》，朝日新闻社，1988年，301页。

来取得平衡。在这一点上，日本的通产省非常有经验。概言之，环境标准本身，从科学性上来说并不那么可靠。所以，认识和判断都不同。再加上还有政策层面上的利益纠葛，这一切最终都取决于行政。"

他将"压力"一词换成了"争论"，并给予了正面评价。并且，他的行政，就是由"争论"的力量对比来决定应确立的方向。其结果就是，当市民运动力量占优时，就站在市民一侧，当企业拥有强大话语权而市民运动并不激烈时，则站在企业一侧。行政本身并不存在主体性，也不受人的良心左右，只存在由纯粹的职业意识所支撑的平衡感。如果由于机动车数量增加，现实情况无法守住城市中 0.02 微升 / 升这一标准，桥本则会将标准放宽至貌似可以守住的防线。桥本这种让行政适应现实的姿态，也许正是山内穷尽一生都未能掌握的用以维系官僚生涯不可或缺的处世哲学。

为制定基本法而同心协力的山内和桥本，在福祉环境行政工作上表现出来的姿态，经过十年的岁月发生了巨大变化。

在山内留有遗书的写字台上，放着一本桥本的著作《环境行政个人史》。可以说，这本书通过一位行政官员的半生，描绘了公害行政与时代一起倒退的社会状况，山内是以什么样的心情来阅读它的呢？

1978 年 7 月 11 日，环境厅公布了经过修订的二氧化氮新标准。一个月后的 8 月 11 日，桥本道夫辞去环境厅局长职务。桥本离开环境厅后，受筑波大学邀请，在环境科学研究科讲授环境政策。

第二年即 1979 年，时任首相大平正芳就今后的福祉行政明确提出了"日本人拥有自立自助的精神"与"相互扶助的结构"相结合的方针。

这一发言几乎等同于宣告国家放弃福祉行政。

是年 1 月 23 日，山内就任社会局保护科长。保护科负责与生活保障相关的行政业务，山内作为实质性的负责人参与生活保障工作。

1980 年秋天，山内和《福祉新闻》社长河村共同实施了一个计划。和山内交情甚笃的河村，非常关注山内对福祉事业敏锐的思考，他建议山内以福祉行政为主题，为报刊执笔连载文章。

"嗯，不是我不想写，只是以现在的身份我不会写文章了，不能写有趣的文章。"

山内这么回答河村。

"那就请用笔名。"

河村想方设法说服山内接受自己的建议。思考了片刻，山内回答：

"作者的身份是熟知日本的外国人，这样可以吗？不是有个作者用以赛亚·本达桑的名字写日本人论吗？"

"这可能会很有意思。非常期待。"

两人协商后，最终决定于当年 10 月开始连载，标题为《福祉国的爱丽丝》。作者名为爱丽丝·约翰逊，被介绍成获得日本的社会福祉研究费而来日的瑞典女记者。连载首先谈到"福祉"一词，在国际上其一般指"社会性服务"（Social Service）这一实践性社会活动的词语，为何在日本变成了"社会福祉"（Social Welfare）这一抽象的理念并得以普及？针对这一设问，文章进行了考察，提出了以下见解。

在传统文化中，日本人精神的主导之一，是佛教所倡导的"慈悲"精神。在与自然的交流中，日本人培养了"物哀""侘寂"等独特的典雅感觉，在对人类和社会的态度上也保持着同样独特的感觉，即是以"慈悲"一词加以命名的博爱精神。日本人之所以用"福祉"来称呼"社会性服务"并十分重视它，是因为遵从"慈悲"的教导。（第1回）

战后的新宪法，是以当时占领日本的美国人所写的文本为基础制定的，所以至今还让一部分日本保守派政治家心中不悦，其中有一条明确提出了社会福祉。（中略）

彼时的宪法条款中对于政策理念的鲜明表述，无疑为日本人增添了崇拜"福祉"的力量。（中略）

只是，倘若多少用点批评性眼光来看的话，日本人在宪法中将"福祉"作为国家政策理念予以定位的决断，在结果上似乎为之后日本的"社会性服务"发展带来了某种不均衡状况。

日本社会性服务的不均衡发展，一方面培养了极其早熟的福祉国家的理念，另一方面又留下了不成熟的技术与组织体系落后的弊端。日本的宪法，发挥了赋予"福祉"以国家权威的巨大力量。然而，不知为何，这一"福祉"的理念，迄今未能植入社会性服务的实践性土壤，只是装在"宪法"这个花瓶中培育长大。（第2回）

今天日本人所倡导的"福祉"依然不是动用技术、经费以及

人才来经营的社会性服务，而是用宪法来主张的国家的"慈悲"责任。（第3回）

山内首先分析了日本人对福祉的认识，之后将批判的矛头指向官僚。他首先向战后制定福祉相关法律的官僚开炮。

　　这些法律的制定者、这些负责设计的官僚，热衷于官厅机构以及建筑物的福祉设施，对于社会性服务的本质，即技术和人才的培养，似乎毫不关心，这到了令人震惊的地步。不，与其说毫不关心，不如说某种乐天派的思想安居在他们的脑海中。（第11回）

　　日本福祉机构的运营，甚至建立在一种架空的前提上，即相关的官厅机构内拥有一切可提供社会性服务的必需技术和人才。

　　因此，福祉机构的职员，既不发挥地区的公私机构、专家的技术及知识的作用，甚至官厅机构内部的同事之间也没有进行充分的合作。

　　这样的局面，即便起因于法律制度上的制约，但只要将社会性服务作为技术性活动来加以推进的话，也能予以突破。这是因为，如果社会性服务一旦追求技术服务的科学性的话，就必定发展成跨越机关和制度的专业性合作活动。

　　在日本社会性服务的第一线，还看不到上述征兆。作为公务员的福祉部门职员以及各类福祉行业工作人员的素养，完全没有

达到可推进其发展的高度。对于他们而言，与职业上的自负心相比，对自己所属的官厅机构的忠诚心更为强烈。（第13回）

他的论述，在指出官僚的山头主义是阻碍日本福祉行政走向成熟的原因的同时，进而推展为一种日本人论，即以文化及行为方式理解日本的福祉。

福祉不是抽象的概念，而是文化、是行为。福祉最重要的是人本身，是人的技术，而不是建筑和机构，山内不断重复这一点。

连载开始后，读者纷纷向河村了解作者的情况，山内不断收到演讲邀请，穷以应对。

文章共连载了97回，持续了整整两年时间。

山内在福祉工作实践中产生的思考，就这样以文章的形式不断结出硕果。立志成为小说家的山内，经历了年轻时代的热情和挫折，他将热情的对象转换成了福祉，并再次坐在了稿纸前。连载结束不久，山内将自己对福祉的思考写成了一本书出版，书名为《思考明天的社会福祉设施二十章》（中央法规出版社），在这本书中，山内对经济优先的时代提出了严厉批判和质疑。

战后三十余年，我国产业界实现的技术发展令人瞩目。也许这可以说是模仿发达国家取得的成功。战争年代动辄一边倒地鼓吹精神至上主义的这一民族，却运用了使经济得以如此迅猛发展的技术手段。然而，为何相同的技术手段，不用于我国战后社会福祉的发展呢？

回顾历史，我认为我国社会福祉的"技术落后症"，不仅仅来自厚重的历史，日本人对待社会福祉的技术应用的态度、展开方式，也发挥着巨大影响力。

其中，与产业技术相比，社会福祉中在应有的技术、专家的培养等方面存在着完全异质的东西。

社会福祉的技术，是与人联系在一起的技术，实际上，较之国民社会的科学状况，它更具备以人类学、社会学为巨大基石加以发展的特征。

在我国的精神风土中，或多或少地存在轻视社会福祉的技术性这一文化特性，并且在战后社会复兴的过程中，人们更愿意优先考虑产业经济的成长，创造出了宁愿社会福祉技术落后，也要普及电视等家用电器的"经济型"日本文化。这就是我在观察日本社会福祉培养方式时得出的令人伤感的结论。

山内在本书中批判了轻视社会福祉、只对经济成长倾注全力的时代，阐述了福祉技术的培养是当务之急。然而，在那之后，时代更是朝着抛弃福祉的方向加速前行。

1981 年 6 月。

为推进财政改革而设置的临时行政调查会，提交了行政改革议案报告书，明确了将老人医疗变更为自费、对福祉和教育严加管束的方针。

第二年即 1982 年 11 月，中曾根康弘在内阁成立时的演说中呼吁

"自立自助的精神"，并提出"强大的文化和福祉"的口号 [1]。该口号以以下形式具体展开。首先，11 月 7 日，为与临时行政调查会的行政改革步调一致，以厚生省的社会局保护科长的名义发出了一份通知。

抬头为"关于推进生活保护的正当实施"的通知，下发至全国的福祉事务所，它在很大程度上左右了今后福祉事务所开展生活保障的行政工作。该通知由于使用了编号，即"社保第一百二十三号"，所以俗称为"123 号通知"。通知中放大了诸如暴力团成员通过不正当手段获取生活补助、补助对象暗中驾驶高级私家车四处兜风等一部分事实，要求采取纠正措施，对补助对象进行严格审查。对于这些通过不正当手段获取生活补助的事件，《新潮周刊》配合厚生省的意图，在其杂志上发起了彻底痛击的运动。各类报纸也直接引用厚生省的通知，大肆渲染不正当获取生活补助事件。

事实上，通过这一纠正措施而导致生活补助被中止的对象中，单亲家庭和空巢老人占了压倒性多数。这里所展开的是与水俣病审核相同的逻辑，即"不救助可疑之人"，其背景是国家对社会福祉预算的缩减。

国家预算中的社会保障费用增长率在 1978 年为 19.1%，第二年为 12.5%，第三年为 7.7%，每年呈下降趋势，1982 年下降到了 2.8%，恰好和这一时期的国防费用的增长率截然相反。在 1985 年度的预算中，国家对地方行政补助的比例减少了一成，生活保障费补助

---

1. 《新地平》，1984年5月6日合刊，57页。

金从十分之八下降为十分之七。国家将福祉的责任强加于地方行政，并且，对于福祉预算的使用，用中央主导的形式加以强力约束。这一约束反映在福祉机构社工（Caseworker）的问题上。福祉机构社工是负责接收生活补助申请、定期访问补助对象并提供生活指导的职员。设置这一专业职位的城市非常有限，采用的机制几乎都是政府机关的人事部门将统招进来的人员分配至福祉机构。

也就是说，昨天还在管理户籍或计算税金的职员，突然就以福祉机构社工的身份从事福祉行政工作了，对接生活受助家庭。他们几乎没有专业技能也没有经过训练，有的只是自己所面对的生活受助家庭和补助申请人。

山内着眼于福祉第一线的问题，于1985年出版了《思考福祉工作》（中央法规出版社）一书。本书中，他将视点放在1951年出台的《社会福祉事业法》的第四章。第四章第十八条"从事社会福祉工作的社会福祉主事的资格"中载明："社会福祉主事，即为事务官员或技术官员，年龄需20岁以上，必须人格高尚，思想成熟，对推动社会福祉的发展怀有热情……"山内针对该条做出了如下评论。

在从事福祉工作公务员的资格规定中，强调人格高尚、思想成熟，对推动社会福祉的发展怀有热情等要点，对此我颇感兴趣。

为了避免误解，我首先申明，我相信将人格高尚、思想成熟、对推动社会福祉的发展怀有热情等理念，作为福祉机构社工自身修炼的目标是十分必要的，并应给予鼓励。但是，人格高尚、思想成熟这类原本属于个人伦理范畴的德行，直接列入专业人士的资格范畴，并且作为法律上的资格条件，对此我存有疑虑。

我觉得从这一点上可以看到，在从事福祉工作的公务员的伦理和职业理念方面，未及建立起适合于战后社会福祉新起点的体系。换言之，未及建立，那就将社会福祉工作采用个人救助模式的那个时代的职业伦理，直接植入身为公务员的福祉机构社工的资格条件中吗？

另外，要求从事福祉工作的职业人具备人格高尚、思想成熟等德行，可以反映出将福祉工作本身的内容理解为对对象进行人格指导的思维方式。

从福祉机构社工的情况而言，也许上述问题和以下认识也有关联，即福祉机构社工面对受助对象全方位的生活时，也涉及对其进行人格指导，这是福祉机构社工的职责。

福祉机构中的每一个社工，要在人格上努力获得受助人的信赖，这本身十分重要。但是，如果这种努力用力过头的话，也许会走错方向，即强求受助人顺从福祉机构社工的个人意志，对此必须加以充分注意。

从事福祉工作的人，因其具备高尚人格而受到社会尊敬，在日常工作的现场中，他们大多面对的也是陷入各种困境、在生活上难免有着较强依赖性的对象。因此，对从事这一工作的人而言，工作上的职责很容易在不知不觉中转化为针对自身人格资质的自尊心。

从社会事业的旧时代起，人们便期待从事福祉工作的人拥有高尚的人格和成熟的思想。这种人格和思想，其本身是否来自对工作对象进行"指导"和"教育"的需求？

我认为并不仅仅出自上述理由。

我们应该考虑到，在福祉工作第一线，在与受助对象形成的工作关系中，如果没有强大的自制力和自我反省的度量，很容易陷入自以为是或强加于人的状态，而在上述的自我认知基础上，从事这一工作的人的高尚人格受到了期待。

父母教育年幼的孩子，以自身的人格力量来感染他们，福祉机构社工的工作却不是在这样的关系中进行的。

如果缺乏对对象的意识和感情的洞察，或者不能充分把握对象所处的家庭状况，福祉机构社工本身对所拥有的价值观的发挥，就会超越说服对象、为对象提建议的限度，陷入独断专行的境地，此时，反而会招致对象的反抗或情绪低迷，这是公认的事实。

更为致命的是，这类崇尚精神至上主义的福祉机构社工，看不到阻碍受助对象自立成长的真正原因，不仅是受助者本人，福祉机构社工本身也对此视而不见。

要找到是什么阻碍了受助对象自立和成长，必须具备十分冷静的、透彻的洞察力，如果从一开始就将观察的眼光放在对象缺乏自立和成长的意愿这一原因上，当然无法期待出现正确的判断。

　　如医疗工作，若因误诊而造成争议，该事件则被视为医疗事故进入法律程序。如教育工作，有人担心教师的资质，则出现了不能将教育全权交给学校的主张。

　　和上述的工作相比，社会福祉的工作是怎样的状况呢？

　　似乎可以说，几乎不会出现社会福祉机构的服务内容被视为"福祉事故"而遭人非议，或者有人因担心社会福祉职场上的工作人员资质低下而发出反对声音等情况。

　　然而，在此我想认真思考一下。

　　在社会福祉的职场上，真的几乎不会出现医疗工作上的如误诊等事故之类的问题吗？有时我们在报刊的投稿栏里看到家长批评的问题教师、缺乏干劲的教师，他们就不会出现在社会福祉的职场上吗？

　　山内对福祉工作现场的这一考察，击中要害。正如他所指出的那样，在社会福祉工作的现场，福祉机构社工与生活保障受助对象之间不断发生摩擦。一线工作没有任何专业技术支撑，仅靠精神论造势，这就是现状。由于福祉机构社工的"自以为是"和"独断专行"，其结果就是受助人被取消生活保障、因补助问题发生争执等事件时有发生，甚至出现了一些自杀者。

　　1987 年 1 月 23 日，札幌发生了一起令人震惊的事件，一名被取消受助资格的女性活活饿死，并留下三个孩子。媒体对此也进行了大量报道。

　　同样，在东京都 23 个区中，尤其是积极致力于生活保障合理化的荒川区，以老人和单亲家庭为主，领取生活补贴的家庭急剧减少。自1984年起的五年间，受助家庭从2500户降到1400户。其结果是，1987年10月，一名被取消资助资格的78岁女性留下一封写给福祉机构社工的抗议信后自杀身亡。

进而，1988年12月，同样居住在荒川区的原酒吧女自焚身亡。该女子因病体弱，无法外出工作，曾领取生活补助金。福祉机构社工经常上门挑事儿，怀疑"应该有男人给你钱吧"，并检查洗衣机和壁橱中是否有男人的内衣裤。

同年11月，72岁的独居男性因被取消生活补助而陷入困境，上吊自杀。负责这位男性的荒川区福祉机构的社工某次在接受采访中如是说：

"如果他们稍微努力一点的话，我也会对他们好一点。可净是些对人生不负责任的人啊。我也没有什么学历，是个大老粗，但我在努力生活。所以，我无法原谅不努力生活的人。"[1]

然而，这位自杀的男性，凭什么要被这位福祉机构社工武断地用"努力生活"这一抽象的标准来加以比较，因为"我"没有努力就必须被取消生活保障?谁可以、凭什么断言他没有努力生活?

福祉机构社工的态度和思维、言论，正是山内在他的著作中写到的令人担忧的状况。

将福祉机构社工自以为是的行为合法化、令领取生活补助人口锐

---

1. 大熊一夫：《请勿依赖母亲》，朝日文库，1992年，217页。

减的"123 号通知"是以厚生省社会局保护科科长的名义发出的。就在两年前，山内本人也担任过这一职务，对此，山内是如何思考的？

他在《思考福祉工作》中进而陈述道：

在家人或友人这类人际关系中，尚且也会因不经意的谈吐和举动让人心里产生莫名的不快，这是我们时常会经历的。

何况领取生活补助的人，就某种意义而言，这些生活补助便是他们生计的全部。因此，与之联络的福祉机构社工的言行非常容易受到他们的误解，同时也会导致他们极度不安和困惑，这是很容易想象得到的。

从事生活保障工作的福祉机构社工，需要具备能应对这种工作特性的知识和处理能力。

不过，我想提议的是，在具备这样的知识、能力的同时，由于生活保障工作具有以人为对象的特征，所以，福祉机构社工首先被期待的基本资质，还应该是怀有对人的热情这一条件。

通常，从事生活保障工作的福祉机构社工，在和人的接触中所积累的紧张感与负担，不只发生在工作时间内，工作之外的时间以及假日，还会持续存在。要求对他人缺乏热情的人具备这种心理抗压能力，是极其困难的。

缺乏抗压能力以及在资质上不与该工作匹配的人，选择福祉工作为其职业所造成的悲剧，实际上不仅给工作对象带来不幸，也使选择这一职业的本人极度辛苦。因为这一职业具有一个难点，即从事它的人无法像其他职业者那样，将自己的生活和职业分割得一清二楚。

与人打交道，不断观察并推动他人的精神和生活，福祉工作以此为己任。从事这一工作的职业人身心疲惫、备感压力，但只有在对人保持热情与兴趣的基础上，方能培养对此的抗压能力。

然而，现实却十分骨感。

在政府机关，分配至福祉办公室工作被称为"流放"。福祉办公室在政府机关之外的情况占大多数，这也是被称为"流放"的理由之一。更关键的是加班多，并且福祉机构社工不得不时常和暴力团成员、酒精中毒者打交道。

对于想在政府机关内部力求晋升的人来说，这样的工作安排显然是绕道而行。被分配至福祉办公室的职员很快会提交转岗申请，每天盼着离开"流放地"，这种例子不在少数。

即便出现差错，也绝不站在受助人一边，增加领取补助金的人数。如果那么做的话，必然影响今后的仕途。尽量拒绝补助申请，安然无恙地度过一个任期回到本部，这就是通常情况下的官员。

这一点不局限于地方行政，市政府和福祉办公室的关系也适用于中央官厅。中央官厅中相当于地方福祉办公室的便是环境厅。

环境厅的起步晚于其他省厅，因此，厅内科长以上的干部职位，当时全部被来自其他省厅的调用人员占据。换言之，和福祉办公室的情况相同，这些人并非出自对福祉和环境工作的兴趣而从事这方面的行政工作。其结果，自然就是来自通产省的人按照通产省的意向推行环境行政。

进而，这一结构可以用来看待阁僚中的环境厅长官一职。自1980 年 7 月起担任了 1 年零 4 个月的第 12 任环境厅长官鲸冈兵辅回顾当时的情形说：

"我觉得这实在不是一件好差事。自民党政治是派阀政治，所以环境厅长官不是让人欣喜的职位吧。

"首先，预算少。现在也只有 500 亿日元，简直不值一提。

"其次，从政治上来看，虽然是非常重要的政府机关，但基本上没有什么特权。

"所以没人愿意干。

"和很多人一样，我担任环境厅长官时，自己的派阀势力小，所以被发配到那么个无趣的岗位上。说实话，当时真的这么想。"[1]

山内全身心投入福祉工作时，身边几乎所有人的态度不外乎"职业是职业，要与自己的生活截然分开"。这种态度，恰似"与福祉工作匹配的资质"，改变了"福祉"工作的状况。

这是山内的误算。

山内本人所倡导的"对人的热情"等资质，反而妨碍了福祉行政发展，也许不幸的是，拥有超过他人一倍以上该资质的山内，是最不适合从事"福祉"工作的人才。

---

1. 《BOX》，1991年5月刊，32页。

在这样的状况下，全身心投入自己所相信的福祉事业的山内，不断受到良心与官僚这一职业的夹击，他的"身心紧张和压力"，终因无法抗拒两者的摩擦，酿成了一出"悲剧"。

至"悲剧"发生，并不需要很长时日。

第七章

餐桌

122

12 月 4 日，晚上 8 点。

在二楼房间休息的丈夫下楼了。知子寻思该让丈夫吃些易消化的食物，于是做好了汤和麻婆豆腐等着。丈夫坐到餐桌前吃了麻婆豆腐。

知香子下班回家，美香子也从补习班放学回来了。

"我想和两个女儿说点儿事。"

丈夫告诉知子。

一家四口人围着餐桌坐下。

用完餐的丈夫，有气无力地开口道：

"爸爸今天打算辞掉政府机关的工作，留了一张便条……不想干的工作怎么都干不好……实在不想处理水俣的工作了……自欺欺人的事情太多了。爸爸想干的始终是我认为正确的事……"

山内断断续续地说完这些话。

"从今往后靠什么生活……知香子……能靠你的工资吗？"

他看着长女问。

知香子那年春天从 S 女子短期大学英文科毕业，4 月起进入位于横滨樱木町的 N 通运工作。

知子对突如其来的问话不知所措。不过，她尽量装得很平静，用轻快的语气对三人答道：

"总能过得去的，不用担心。"

（这人做出的决定，是没法改变的。）

知子在心里对自己说了好几遍。

（迄今为止遇到过多少次困难，这人总是说"没问题，交给我"，结果问题都解决了。这次也一定是这样，和过去一样。）

知子想。

一直沉默不语的次女美香子开口问：

"能让我上大学吗？"

美香子在都立的 M 高中上三年级。她的目标是兽医专业，正在为高考做准备。通用科目的第一次考试就在一个月后。

"啊，是吗……你明年要上大学啦……"

丈夫好像第一次听说此事似的嘟囔道。

（怎么还在说"啊，是吗……"，这人究竟在想什么。）

知子不太理解丈夫的反应为什么那么迟钝，见美香子有些神色不安，便说：

"你有你的理想，不用担心，尽管给我好好学习。"

知子又转向依然有气无力地坐着的丈夫。

"就当作退休吧，早点退了不也挺好。怎么都能过下去的。没问题，没问题。"

知子竭力用开朗的语气说话。丈夫一语不发，凝视着知子。

"爸爸不喜欢求人，工作上不会麻烦别人，所以很辛苦……"

美香子低声道。美香子心思细腻，十分敏感，这一点很像父亲。因此，她把父亲的这一个性抓得很准。

两个孩子各自回了自己房间，起居室内剩下夫妇二人。

丈夫似乎平静了稍许。

只剩下两人后，知子开始回忆迄今为止 22 年的婚姻生活，对丈夫开口道：

"你每天都在忙工作……"

这是她真实的想法。

丈夫也出人意料地变得情绪开朗起来，微笑着说：

"啊……干得挺开心的。"

简单的一句话，顿时让知子如释重负。她担心假如从这人口中说出干得太辛苦、太艰难的话，自己该怎么回答。可他说"干得挺开心的"，这句话让知子觉得自己的辛苦和这人每天的忙碌都值了。

之后，两人又闲聊了一会儿，丈夫上了二楼。

（这样就能让他休息一段时间了。）

望着丈夫的背影，知子想。

夜里，知子因为担心丈夫醒了一次。她走上楼，轻轻打开房门，瞥了一眼屋内。

丈夫好像睡着了。

当她靠近时，丈夫醒了。

"睡得着吗?"

知子问，丈夫在被窝里轻轻点了点头。

第八章

不在

"我调到环境厅了。"

按惯例在玄关送丈夫出门上班的知子，听了丈夫突如其来的话吓了一跳。

"没问题，都交给我。"

丈夫对吃惊的知子这么说着，走出玄关。

1986 年 9 月 5 日。

山内从工作了 27 年的厚生省调往环境厅，出任官房长。

从厚生省这样的大机关调动到环境厅这种小机关，身边也有人很担心。但山内在厚生省工作期间，所属公害科，制定过公害对策基本法，因此在这方面他颇有自信。

刚调到环境厅时，友人伊藤正孝说：

"去了个有干头的机关啊。"

"你真这么想吗？"山内笑着答道，"哈哈，其实我也这么想。"

据说他说这句话时非常开心。

在山内出任官房长一个月前，还有一个人调至环境厅工作，那就是第 18 任环境厅长官稻村利幸。

稻村是出身于枥木县政治世家的议员，他在 34 岁的年纪初次当选，并以"廉洁的政治家"为口号，是年 7 月 22 日在第三次中曾根内阁的组阁中首次进入内阁。

然而，表里不一的是，稻村爱玩股票，甚至被人说成"专业股民当上了政治家"，在他退任前的一年零四个月里，几乎每天待在长官室里买卖股票，和环境行政工作没有任何关系。

其实稻村原本就是和"廉政"二字毫不沾边的政治家。1980 年，他以其夫人的名义购买 4.8 万股由投机企业"诚备集团"垄断的宫地铁工股票一事遭到披露，他狼狈地四处辩解："是朋友委托的，借了我妻子的名字。当时没有购买宫地铁工的股票。我很吃惊事情发展到这种地步。"

之后，1985 年他将资金交给在《投资杂志》事件中被捕的中江滋树运作，接受融资之事也浮出水面，第一秘书因此辞职。

"我从来没见过中江会长，完全不认识。秘书也是受害者，我打算接受他的辞职请求。"稻村如此解释。

在职期间，稻村的股票交易达到 5000 万股，次数达 300 多次。最初他通过大型证券公司进行交易，据说一旦股价没有如意上涨，资金亏损，他便直接将证券公司的负责人叫来长官室，大声训斥：

"你要让国会议员亏损吗？"

换言之，稻村是一个因股票交易而臭名昭著的政治家。

由于这种过于龌龊的交易方式，大型证券公司逐渐收手，最后只剩中小型证券公司为他提供服务。

四年后的 1990 年，稻村因担任环境厅长官期间高达 17 亿日元的偷税金额遭到逮捕。[1]

调任环境厅的山内，在厚生省公害科制定公害对策基本法的十九年后，再次从事环境公害的行政工作。

山内调任的当时，环境厅面临的课题是修订公害健康损害赔偿制度。这一赔偿制度由和山内交情笃深的桥本道夫负责，将事先从公害排放企业筹集的对策金用作赔偿金，按照不同等级（从特级至三级）支付给公害病患者。

然而，经团连以全国公害患者达到 10 万人、企业负担总额超过 1000 亿日元为由，对通产省和环境厅施加压力，力图废止这一法律。他们信口雌黄，声称大气污染已经没有过去那么严重了，支气管哮喘病等公害病患者人数却在增加的说法很奇怪；哮喘是从江户时代就开始有的疾病，致病原因大多来自抽烟，因此，不能说公害是致病源，不能进行赔偿；云云。

就在几乎所有地区连放宽三倍的二氧化氮浓度标准都无法遵守的状态下，经由企业、媒体、学者联手，"公害已经结束"的大合唱不断重复出现。《新潮周刊》刊登了揭露假公害患者的报道。

亲手建立这一赔偿制度的桥本道夫，也从学者的立场支持经团连以及通产省所谓"公害已经结束"的主张。在水俣病以及放宽二氧化

---

1. 《朝日新闻》，1990年12月20日。

氮环境标准的修订中，清浦雷作发挥了御用学者的作用，这次轮到桥本了。

结果，是年 10 月 30 日，公害对策审议会的报告交到稻村长官手中，环境厅明确表明自己的方针，今后不再进行哮喘等公害患者任何新的认定。

山内调任时，与曾经为了救助患者而与通产省对立来显示出它的存在感的时期相比，环境行政的立场发生了 180 度的转变。自设立以来经过 15 年的岁月，环境厅终于变身为为政府立场代言的成熟的政府机关。[1]

这一时期，山内夫妇的生活过得比较平静。两个女儿也不再需要操心，两人经常利用休息日外出看画展或电影。

某天，两人去了新宿伊势丹美术馆。那天展出的是毕加索、塞尚等人的作品，画展名为"印象派、后期印象派绘画展"。

两人依惯例走进展馆分头看画，随后在出口处会合。此时，知子忽然冒出一个念头。看完作品，知子在出口处见到丈夫时开玩笑地说：

"请带我到你最喜欢的那幅画跟前。"

不管是看画展还是读书，丈夫嘴上几乎从来不说喜欢哪幅画或者哪本书有趣。知子深知这一点。不过，今天知子有意打破砂锅问

---

1. 《朝日期刊》，1990年11月14日刊，98页。

到底。

踌躇了片刻的丈夫，还是逆向回到人流中，再次走向入口。知子忐忑地跟在丈夫身后。

很快，丈夫停在一幅作品跟前。

（啊啊，今天来这里太好了。）

知子看着眼前的这幅作品，心想。原来这也是知子今天看过的众多作品中最喜欢的一幅。

那是克劳德·莫奈的《雾中的查令十字桥》。

莫奈热爱伦敦的冬天，尤其是伦敦的雾最吸引他。迎来60岁的莫奈，从1900年至1903年，多次来到伦敦描绘雾中的风景。这幅作品创作于1903年，画的是笼罩在紫色薄雾中的泰晤士河以及他始终钟爱的一座桥。

出于松了一口气的安心感以及和丈夫选中同样一幅作品的兴奋感，知子买下了这幅镜框画，两人踏上了回家的路途。

这段时间，两人频繁去看画展，尤其喜欢印象派的作品。山内有一次去国外出差，在巴黎顺便去了一趟奥赛美术馆。山内非常喜欢这家收藏着众多印象派作品的美术馆。退休以后一起去奥赛美术馆，这是这对开始迎接晚年生活的夫妻的小小梦想。

看电影，通常都是知子提议。有一天，丈夫罕见地主动提议"去看电影吧"。知子略感奇怪，这对丈夫来说实在是难得的举动。不过，知子还是挺高兴的，两人决定在中村屋会合。

下班后抵达的丈夫，已经选好了要看的电影和电影院。电影院是位于新宿歌舞伎町的阿波罗影院，那里正在举办为期只有五天的老片重映——《长别离》。

"这部电影年轻时就看过，今天看第五遍了……"

丈夫颇为感慨地嘟囔道。

听着通常不太直接表达喜好的丈夫说出如此带感情的话，知子也怀着强烈的兴趣，兴奋地等着电影开演。

《长别离》是 1964 年日本公映的法国黑白片。

故事的地点是巴黎，季节是夏季。黛海丝是在郊外经营一家咖啡馆的中年妇女。某日，一名男子哼着歌曲从咖啡馆门前走过。黛海丝看到这名男子时大吃一惊。男子和 16 年前被盖世太保带走后下落不明的丈夫阿贝尔长得十分相像。可是男子已经丧失了对过去的所有记忆。黛海丝断定，这名住在河边破屋，靠捡旧杂志为生的男子就是自己的丈夫。男子胸口挂着一把剪刀，他把捡来的杂志上的图片剪下，然后珍藏在箱子里。

黛海丝邀请男子来自己的咖啡馆一起用餐，她试图让他回想起往事。用完餐后，两人在投币电唱机的伴奏下跳舞。黛海丝终于发现男子的后脑勺有一块很大的疤痕。

夜晚，当男子走出咖啡馆准备离开时，黛海丝在他身后喊了丈夫的名字。他怔了一下，随后举起双手。他脑海里重新唤起的，似乎只有战争中的纳粹记忆。

即使事已至此，孤独的黛海丝在冬天来临前，心中仍然怀着一线希望，也许丈夫还会回来……

构成这部影片的战争记忆、等待丈夫的妻子、对杂志上图片的兴趣、亲人不在身边的各种变故……这一切，和山内的人生有着众多的重合。

在山内的眼中，究竟是谁和黛海丝合为一体了？是失去丈夫、留下名为"丰德"这个独子后离家的母亲吗？还是在内心深处的某个角落，至今依然下意识地在等待永远不会回到自己身边的父母亲的自己？还有，谁又和阿贝尔重合在一起了？

"话说，你为什么看了五遍？"

离开影院，走在新宿的大街上，知子多次问山内。然而，丈夫只是微笑着，最后也没有回答为什么。

最近，知子试图通过两人一起看电影、看画展来了解从不愿意谈论自己的丈夫究竟在想些什么，感受些什么。长年的夫妻生活，已经让知子明白，直接询问丈夫的心思是很困难的。虽然她也有过放弃了解丈夫的念头，不过最近也许开始萌生了一种自信，即使不用语言也能和丈夫相互理解。心心相印……知子的脑海里出现了这么个词。两人从未像样地吵过一架，语言变得多余。但这对夫妇并非与众不同。在一定程度上已经将两个孩子抚养成人的夫妇，对这种相处模式也已习以为常，知子这么想。

除了逛美术馆，山内还有一个梦想。那应该是过了50岁之后的男人都会有的平凡梦想，即他想拥有属于自己的房产。

调任环境厅工作的第二年，即1987年3月29日，山内在东京郊外的町田购买了独栋楼房，一家四口搬出了世田谷区上用贺的公务员住宅，尽管世田谷的公务员住宅离机关很近，十分方便。

"买独栋房，离上班地点会比现在远，会增加身体负担，退休之前就住这儿吧。"

知子这么说，但丈夫还是买来了《住房信息》等杂志。每到周末两人便手握杂志各处看房。蓟野、多摩卫星城、绿山，他们看了不少地方，都没有找到中意的住房。知子觉得公寓也没有问题，而丈夫一门心思想要独栋房。到了秋天，听说町田的药师台开始出售新建住宅，两人决定去那儿看房。

药师台属于新开发的住宅区，但还能见到大量的绿树，自然环境十分宜人。最重要的是，附近有一个名叫"药师池"的美丽池塘。

山内在埼玉县工作时居住的公务员住宅边上有一个"别所沼公园"，后来搬到世田谷的上用贺，那附近有一个"马事公苑"。山内夫妇在休息日常去逛公园，悠闲自在地待上一整天。只去了一次，山内似乎就深深爱上了这个药师池，不过，听说从开盘日期的一周前就必须排队登记，于是他打消了念头。10月的某日，去看其他房屋时，山内发现今天是药师台二期住房开盘的日子，决定还是去看一下。

抵达售楼处时，楼盘地图上还有尚未插上玫瑰花的一小块地方。他询问之后，被告知仅剩三栋，于是当场签了约。

占地面积约180平方米，两层楼的木结构建筑，价格4780万日元。住在福冈的姑妈曾经说动山内在福冈的大野城买过土地，山内将土地卖给了经营不动产的发小，这样就有了一笔头款。不足的部分则向银行贷了款。

也许是因为有了自己的不动产，山内格外兴奋，从那天起直到搬家的五个月间，山内常常去那里。有时是一家四口带着便当去药师池野餐，有时只和知子两人前往。

"我去开窗让风吹一吹。"

有时山内一个人去，在还没有家具的房子里待上一天。这种时候，山内会带上相机，拍下自己盘腿坐在空空荡荡的地板上露着幸福笑容的模样。

搬家后的 1987 年 8 月，山内家又多了一个成员：一条狗，名叫五郎。

一天晚上，女儿美香子在附近的公园里发现一条被人抛弃的楚楚可怜的小狗，就把它抱回了家。他们起初也试图找过豢养小狗的主人，但养在家里逐渐对它有了感情，最后决定自己来养。美香子给它起了名字：五郎。知子负责每天早晚遛狗。

自从每天外出遛狗，知子对自家周围还有那么多的自然景观感到惊讶。随季节变化的花草也格外让人喜爱。

"那块空地上长出了白花。"

"路旁的蔓草长长了。"

晚饭时，知子就这样非常兴奋地将今天观察到的花草结果告诉丈夫。

不久，知子买了一本山与溪谷出版社出版的附有图片的花草图鉴，书名为《日本的野草》。遛狗途中信手摘下一些花草，回家后在图鉴上查找花草的名字，知子沉浸在这样的趣味当中。

1987 年 9 月 25 日。

山内出任环境厅自然保护局长，开始全力解决国立公园的管理以及石垣岛白保珊瑚礁的保护问题，也就在这一时期，夫妇两人开始对自然产生了强烈的兴趣。

周末，夫妇二人偶尔一起带着五郎外出散步，知子边走边告诉丈夫开在路边的花草名字。两人散步回家后，拿着采回来的花草，对照着花草图鉴开始争论，连做晚饭的事情也丢在脑后。

"这是美国鬼针草呀。"

"不是，这是小鬼针草。"

1988 年 3 月，山内开始写花草观察日记。通过这本日记，可以清晰地看到夫妇二人散步的情形。

> 3 月 12 日
>
> 白毛夏枯草　唇形科　筋骨草属　4—5 月
>
> 散见阿拉伯婆婆纳　很快可见紫花野芝麻　还有荠菜
>
> 小紫苑
>
> 见一两处鼠曲草　药师池也能见到堇菜
>
> 3 月 18 日
>
> 绶草（盘龙草）　兰科　绶草属
>
> 见到一群木贼属植物　宝盖草　春天的苦苣菜　欧洲千里光吗　球序卷耳

3 月 26 日

绵枣儿　百合科　8—9 月

巢菜花　散见

圆齿碎米荠吗　花园里　蒲公英也跃跃欲试

25 日在桐生见到欧活血丹　直立婆婆纳

4 月 8 日

珍珠花　报春花科

5 月 24 日

地锦草　大戟科

知子　采摘红三叶

在国会周边　确认庭菖蒲属

　　这段时间，山内不仅在周末带着五郎散步时观察植物，甚至午休
时在工作单位的霞关周边以及外地出差，也一直在观察植物。

6 月 10 日

钏路近郊　堇菜　西洋蒲公英

6 月 18 日

蓍草

知子说在镰仓见到珍珠菜

10 月 22 日

黄鹌菜　丛生

由于暑热（知子观点）？　地锦草开白花

这方面的日记持续了一年以上。

山内这一时期发表的随笔，时常写到和土地的亲近。

　　在思考自然保护和环境问题时，无疑必须了解土地和土地所养育的生物。不仅如此，从体验我们后人正在努力继承的这一日本文化和生活土壤的意义而言，亲近土地不也十分重要吗？我总觉得我们忘记了亲近土地、了解土地的重要性。

　　话说回来，尽管我强烈主张这样的观点，但是在我自身三十多年的生活中与土地接触的缺失到了极其严重的地步。

　　就在这段空白的时间里出生和长大的两个女儿，已经完全没有了对土地的记忆。每当电视上播出有关土地的科学讲座，她们就会跑上二楼听 CD 或磁带里的音乐，沉醉其中。对于这样的女儿，该怎么向她们讲述我少年时代土地上的故事？我完全没有信心。

山内写了上述这段话。

然而，山内少年时代的生活并没有那么丰富多彩。的确，他的家里有大面积的农田，大街上也保留着众多自然景观，但他并没有亲身接触自然的体验。他所谈论的与土地亲近的记忆，是经过自己创作的虚构的记忆。

他和知子两人所追求的与自然的联系的行为，可以理解为他在52 年后的今天，重新填补缺失的童年的行为。

知子是一个只要见到餐桌上米饭和大酱汤飘着热香便感到幸福的人。与她相反，丈夫却十分不擅长在日常生活中捕捉快乐和幸福，他对那种宁静的幸福提不起兴致。

可是他们一起散步时，山内会突然问知子：

"嫁给我幸福吗？"

或是："和我在一起开心吗？"

如果知子回答得不干脆，他就会说：

"你已经让一个男人很幸福了，可以满足了。"

"啊呀，我大概不止让一个男人幸福了。"

知子这么一开玩笑，两人便笑了起来。

喜欢做饭的知子，休息日经常在家做面包。

"好吃吗？"

知子一问，丈夫总是回答：

"嗯，好吃。"

可是无论是对知子特意磨制的蓝山咖啡，还是速溶咖啡，丈夫的反应都一样：

"今天咖啡很好喝……"说着把咖啡喝完。

对于总是忙于工作而对工作之外的生活兴味索然的丈夫，知子有种难以名状的担心。

知子邀请丈夫结伴遛狗、休息日去药师池悠闲地过一天，都是想通过这些告诉丈夫："你看，也有这种幸福啊……"对于知子来说，观察植物也是一种尝试手段。

在终于降临的宁静的日常生活中，两人却各自怀着不安。

进入 1990 年，山内的植物观察日记还在持续。

> 4 月 1 日
> 地藏旁斜坡　稻槎菜　宝盖草　日本活血丹
> 移植林旁　（貌似）三叶委陵菜

> 4 月 8 日
> 傍晚和知子外出　大巢豆和小巢豆的区别　附地菜吗

> 4 月 30 日
> 和知子带五郎清晨散步
> 茜草　和蒲公英的区别
> 在万叶苑搞懂了金疮小草

这年春天，长女知香子短期大学毕业，进入 N 通运工作。

山内将女儿工作后不再使用的写字台搬到自己房间里，兴奋地在写字台前留了影。从山内所写的随笔中可以看到，这张写字台似乎已有很长的历史。

山内从小就有一个梦想，在一张又大又重的写字台上写文章。这是因为他那时候的理想是成为诗人和小说家。结婚时，在知子的陪嫁中有一张在榻榻米上使用的矮脚桌，这张桌子在书房里用了一段时间。经过埼玉时代，搬到上用贺时，山内买了一张自己用的写字台。到了长女上小学后，这张写字台离开山内，成了女儿学习用的书桌。作为嫁妆的那张矮脚桌，变成了知子缝纫机的底座。无奈的山内，只能在餐桌上写信。吃饭时，山内拿着钢笔和墨水在屋子里转来转去。

山内很爱写信，一有事就给朋友、熟人写信。有的是给寄礼物的人道谢，有的是写给在同学会上见到的老同学，种类五花八门，他每天似乎都在给什么人写信。贺年片也年年递增，这一时期已经超过了1000张。

同时，山内还是个整理狂魔，他勤快地将别人寄来的信件以及报纸上的文章裁剪下来整理后放入文件盒。这些事情，山内都是在从女儿那里要回来的写字台上完成的。然而，在这张寄托了少年时代理想、跨越了12年空白期后重新回到自己身边的写字台上，最后留下的不是山内写的随笔，不是小说，也不是写给朋友的信，而是向上司道歉的话。

> 1990 年 5 月 6 日
> 地杨梅　雀稗　灯芯草科
> 田埂上有匍茎通泉草　通泉草丛生
> 附近有天蓬草　稻槎菜（？）

山内的植物观察日记中，这是最后一篇标明日期的。后来的日记，只写了紫斑风铃草、夏枯草等植物的名字。与其说是他对植物的兴趣变淡了，不如说是公务繁忙剥夺了观察植物的时间来得准确。在笔记本的一页纸上，孤零零地写着两个字："野菰"。这是他记下的最后一个植物，这本日记结束了。

山内出任企划调整局长恰好在这一时期。

第九章

——

回
家

——

1990 年 7 月 10 日。

山内出任环境厅最高职位——企划调整局长。从自然保护局长升为企划调整局长，是通往事务次官的途径，这意味着山内已经完全步入了次官的晋升通道。

当时，环境厅亟待解决石垣岛白保的新机场建设问题、长良川河口堰问题、全球变暖等众多课题。其中的任何一个，都面临着在开发和保护自然中二选一的难题。这是眼下非常现实的问题，让人深感棘手。

山内亲自参与了防止全球变暖计划。8 月，他以"首席代表"的身份，带领从通产省、运输省等选拔的 20 人政府代表团，参加了联合国政府间气候变化专门委员会（IPCC）第四次全体会议，并访问了瑞典的松兹瓦尔，每天日程安排得十分紧张。除了上述问题，一个更大的问题摆在了环境厅面前，那是山内担任企划调整局长两个半月后的 9 月底。

9 月 28 日下午 2 点。

东京地方法院 713 号法庭，审判长荒井真治在水俣病东京诉讼的辩论中，提出了以下主旨的庭外和解劝告。

诸如本案导致出现众多受害者、规模堪称历史上绝无仅有的公害事件，在正式发现超过 34 个年头后仍未得到解决，令人痛心疾首。为了尽早解决问题，我认为诉讼相关方在某个时点必须做出决断。经本法院判断，在当前时点上，所有当事人共同探索解决水俣病纷争的途径是妥当的，在此提出庭外和解劝告。

荒井审判长进而在这一庭外和解劝告的文中指出："仅以现有的（认定）制度，谋求解决当下的水俣病纷争，存在局限性。"

这一庭外和解劝告给予环境厅重重一击。由于并未考虑到这种庭外和解劝告会以文字形式发出，所以，无论是北川长官，还是安原事务次官，都去参加北海道的国立公园纪念仪式而不在东京。

留在局内的最高负责人山内，每天从早到晚，忙于与其他省厅、熊本县，以及身在北海道的北川进行联络。

预定下午 3 点的记者见面会，最终也在傍晚过 6 点后才举行。

参加记者见面会的是山内。

"没想到会以文字的形式出现。"山内坦率地表明对此事的吃惊态度后接着说，"我们感受到了法院希望庭外和解的强烈愿望。我们将会对此认真讨论，在与其他省厅协商的基础上，决定是否坐到和解的谈判席上。"

山内的发言既慎重，又表明了积极的态度。

环境厅长官北川石松在北海道听了有关庭外和解劝告的汇报。

"庭外和解劝告就是眼下的守护神，我们打算接受。"

他在讲话中表示接受庭外和解劝告。

第 24 任环境厅长官北川石松，成长于贫困家庭，从大阪市议员干到大阪府议员，之后进入政界，仕途上历经千辛万苦。在自民党内部，他隶属继承三木派衣钵的少数派。北川与过去那些不求有功但求无过的长官不同，他在与通产省的对抗中制定了《防止全球变暖行动计划》，在长良川河口堰问题上，越界向建设省提出中止意见。从 1990 年 2 月出任长官起，他的工作就受到人们的关注。尽管部分媒体和自民党批评他哗众取宠，但是，这是一位多年来未曾出现过的行动派长官。旨在接受庭外和解劝告的发言，也是充分体现北川石松风格的行为。

为此感到震惊的是山内等环境厅的事务官员们。环境厅在水俣病诉讼案中秉持的是国家方针，在对患者不负有赔偿责任的认识方面达成了统一。山内在记者见面会上说"在与其他省厅协商的基础上"，站在环境厅的立场而言，这一发言已经是极限了。

1987 年 3 月 30 日，有关水俣病诉讼，熊本地方法院做出了原告方患者全面胜诉的判决，并认定国家的行政责任："国家和熊本县，预见窒素工厂所排甲基水银危害人体，有采取停止工厂排水、控制水质等手段的义务，却疏于采取对策，依据国家赔偿法负有责任。"全国 6 个地区发生的水俣病诉讼案的原告总人数约 2000 人，要求赔偿总额约 360 亿日元。负担比例假定为窒素公司 6 成、国家 3 成、熊本县 1 成，国家的负担金额约为 100 亿日元。如果各省厅相互合作，并不是负担不起。然而，国家未接受这一判决。本次的东京诉讼，应视为对熊本地方法院裁决的反击，国家显示了强硬的态度。换言之，国家竭力获得对国家有利的判决，从患者手中夺回主导权。

因此，北川有关"我们打算接受庭外和解劝告"的发言，对于厅内的官员而言，完全不顾诉讼当事省厅——环境厅所面临的事态和立场，是给人添乱的言论。

不出所料，在事务官员的劝说下，北川收回了之前的发言，表明"不接受庭外和解"的立场。

北川撤回之前言论的背后，很大可能是来自自民党的压力。

政府、自民党对北川在长良川河口堰、水俣诉讼案问题上不断站在自然保护和患者立场上的发言感到不满。后来，北川自己说，有关长良川问题，金丸信直接打电话给北川施压："身为大臣，反对内阁会议决定的水坝建设，岂有此理。"

表面上，自民党在环境部会设置的水俣问题小委员会上，指责拒绝和解的环境厅，然而没人觉得这出自自民党干部的本意。背后，和长良川问题一样，他们对北川和环境厅发动了连续攻击，这并没有什么不可思议的。

10 月 1 日下午 7 点过后，山内在环境厅再次举行记者见面会，表明了拒绝庭外和解的态度。

"在现阶段很难接受庭外和解劝告。对于已经审理结束的 75 名原告，我们希望尽快拿出判决结果。"

读完上述意见后，山内阐明了拒绝庭外和解劝告的理由：

"围绕国家之责任的论调，以及水俣病的病理学概念，我们与原告的主张存在巨大分歧，因而不具备坐到和解谈判桌上的条件。"

自 28 日东京法院提出庭外和解劝告以来，山内奔走于厚生、通产、农林水产各省间进行协商，每个省均表示"我们没有直接的责任"，对庭外和解表现出了非积极态度。

各类报刊，诸如"做人的良知值得怀疑""难道让人等死吗？"等批评环境厅和国家的标题跃然纸上。

然而，环境厅原本就不是基于"做人的良知"来拒绝庭外和解的。他们不是站在人的角度做出的判断，而是在远离良心和良知的条件下对庭外和解加以拒绝。如果说在此有什么是值得怀疑的话，那就是行政事业的职业良知，而绝非作为行政负责人的某一位官僚的良知。但是，山内与桥本道夫不同，他无法决然地认为，这些批判只是针对作为职业人的自己，而不是针对自己的良心。从做人的角度来说，山内的内心深受煎熬。

面对庭外和解劝告，山内的本意究竟如何？从他的性格和善良的品行而言，他对患者一定有着比其他人加倍的理解。作为他个人的意见，想要救助患者完全是在情理之中。然而，据有人证实，他个人对"庭外和解劝告"也不持赞成的态度。但是，他这一态度背后的真实想法，与国家拒绝救助患者而不接受庭外和解的意图截然相反——司法不认定国家的加害责任，放弃判断而提出庭外和解这一灰色解决方案，难道不是不作为吗？不是太不负责任了吗？我们也可以推测，他十分清楚患者希望尽快得到救助的状况，作为从事行政事业的人，并且作为一个有良知的人，山内无法原谅司法的这种态度。

做人的良知、站在环境厅官僚立场上的见解，以及司法的判断，复杂地交织在他的内心，互相撞击。然而，他选择了坚持官僚的立场，甚至没有在最亲近的友人面前流露出一星半点真情。痛苦失去了发散的出口，给他造成了内伤。并且，这一痛苦令他的行为和发言变得含混不清，而周围的人并没有理解他的善意，只是认为他缺乏为官的能力。

10月4日和12日，熊本地方法院、福冈高等法院相继发出了内容相同的庭外和解劝告。庭外和解劝告简明扼要、毫无诚意，倘若是一个官僚作风严重的官僚，只要告诉记者俱乐部的那些家伙，由于是内容相同的庭外和解劝告，环境厅的见解和上一次没有不同，这么做便能万事大吉。然而，山内每次接到庭外和解劝告后，都会规规矩矩地站在媒体面前为拒绝庭外和解一事辩白。他的这一姿态，甚至让人觉得，他将自己赤裸裸地暴露在得不到和解而痛苦的患者们面前，准备接受他们严厉的指责，从而求得原谅。

10月29日，第12次水俣病相关内阁会议上，讨论了如何回应庭外和解劝告的问题。

结果，会议决定在国家层面上坚持拒绝，等待法律裁决，并为此发表了以下国家层面的统一见解：

"原告方主张，因管辖的行政厅疏于行使恰当的规制权限，依据国家赔偿法负有赔偿责任。然而，从国家立场而言，当时缺少相关的法律依据，且在水俣病致病物质尚不明确的条件下，以行政指导为主，已采取了尽可能的对应措施。对于水俣病的发生、扩大的防止，我们认为，不负有赔偿责任。"

然而，国家真的"以行政指导为主，已采取了尽可能的对应措施"吗？

这里的"致病物质尚不明确"究竟指的是什么时候？

从历史事实的角度而言，国家以通产省为核心，为隐瞒已经弄清的致病物质而机关算尽，有预谋地暗地里埋葬有机水银论。为此，动员了御用学者，通过媒体等大肆宣扬非水银论，这不正是"采取了尽可能的对应措施"吗？在此，他们所负的不是疏于行政指导的消极责任，而是作为经济增长的代价，对水俣病的发生视而不见，从而导致受害范围扩大的结局这一有意而为之的犯罪责任。

至少，只要是在厚生省工作、目睹查明水俣病致病原因过程的人，必然了解当时的通产省以及经济企划厅都干了什么，而厚生省又干不了什么。当然，作为公害科科长助理的山内，可以说就是其中的一员。

"这段时间工作开展得不顺利。"山内罕见地对知子抱怨。知子以为山内和患者的交涉进展不顺，便询问山内。山内向知子流露道：

"难办的不是外部，是内部。"

知子听了这话，并不清楚到底发生了什么，山内也没有再多说。

11月1日，"水俣病问题尽快解决祈愿会"的患者们前来环境厅拜访北川长官，直接递交了申诉状，希望尽早解决问题。

即便在这种时候，北川在患者面前还是表示："大家痛苦的心情我能理解，但是在现阶段，行政方面等待判决的态度没有变。"

在这次的见面会上，"祈愿会"的川本辉夫委员长对北川说："长官，请您来一次水俣。我们不需要见面礼。"川本的这番话，之后成了北川前往水俣视察的契机。

20分钟后，北川退席。山内面对患者对拒绝庭外和解劝告的内容进行了解释：

"原则上我们打算在收到东京地方法院的判决书之后，参照我们的主张，对今后的应对措施做出判断。"

听了山内的话，"祈愿会"成员们的斥责声响成一片。

"你们不以解决问题的态度接受庭外和解劝告，今后不知又要等多少年。"

"在三权分立的原则下，行政无视司法劝告，是傲慢的行为。"

"你现在还想说国家没有责任吗？"

"国家的态度，只能让人觉得要让我们等死。"

申诉结束后，川本辉夫刚走出办公室，山内就追了出来，他叫住川本。

"川本先生，请您理解。"

据说，山内说完鞠了一躬。

11月2日，上午10点30分，参议院环境特别委员会召开。环境厅有北川长官和森官房长、山内等七人出席。委员会上，提问集中在与上个月29日提起的水俣诉讼有关的"国家见解"上。

提问人（篠崎年子）：接下来我想进入有关责任的话题。你们在刚才的发言中说，国家的见解是，由于这一状况下的国家责任，与努力提高国民福祉的国家行政上的责任和义务不同，所以没有规制权限方面的依据，认为对本案不负有赔偿责任，您真的认为这能让原告接受吗？

政府委员（山内丰德）：刚才您朗读的是站在国家立场上，为尽可能简明扼要地让大家理解目前诉讼案中产生争议的国家责任是什么而写的文章。一般谈到国家责任，不单单指国家的赔偿责任，国家还负有推进各种行政事业的政策这一责任。因此，本次诉讼案的焦点是，将具有这一努力提高国民福祉之特征的行政职责视为责任。不是我们怎么解释的问题，我们在这里说的是国家赔偿法上的赔偿、支付赔偿金这样的法律责任。我想应该已经简明扼要地解释清楚了。我想尽可能得到更多人的理解，因而写成了文字。

（中略）

提问人（清水澄子）：例如，昭和32年，也就是发生水俣病后的第二年，熊本县设立的水俣病对策联络会提出，水俣湾中的鳞介类符合食品卫生法四条二号条文，即有毒或含有有毒物质，或有有毒物质附着，因此着手禁止鳞介类的捕捞和销售。当时，厚生省针对此事表示，没有明确根据表明该地区的所有鳞介类是有毒的。

（中略）

当时，如果能果断采取我前面提到的法律上的措施，不是可以更好地阻止今天这样的灾害发生吗？请问各位，是否应该这么考虑？

政府委员（野村瞭 厚生省生活卫生局食品保健科长）：我来回答您的问题。

您认为如果当时采取了那样的措施，受害的情况也不至于扩大，从现在这一时点回头看，也许会出现您说的状况，但从当时的状况出发，不是没有想到这一点吗？

提问人（清水澄子）：我希望各位多点人性。各位的脸在抽搐啊。该怎么说呢，我听得懂真的发自内心觉得"如果那么做就好了"，和"我做不到"这两者之间的差别。但是，在这里我还是希望听到"如果当时认真处理就好了"这种有点人性的回答。（中略）

我听说长官至今没有去水俣，我希望您务必去一下当地，建议您再次对水俣病的发生、扩大、救助对策的落后状况进行调查。直接接触一下受害者和当地居民，即便站在您的立场上会十分难堪，但还是希望您能直接倾听他们的心声，在这一过程中尽快做出解决问题的决断。我万分恳切地希望长官去事发现场，请给我一个回答。

政府委员（北川石松）：清水委员建议我去水俣地区，去事发现场。我也想去水俣，而且去的心情十分迫切。昨天我还和水俣问题的各有关方面代表见了面，也收到了去水俣的邀请。我想确认一下时间，尽快安排出日程。

北川发言之后，安原次官、山内等事务官员顿时忙碌起来。事务方面的官员考虑的是，倘若环境厅长官拿不出任何新的对策和救助政策前往水俣的话，事情将变得十分糟糕。视察当地，不仅仅是视察，还意味着带去具体救助政策，即所谓"礼物"前往，这无论在当地还是在环境厅，均被理解为视察的大前提。职员们力图说服北川，收回视察的成命。

"我要去慰问。难道说没有礼物能带去，十多年了就都不用去吗？"

北川坚持自己去当地视察的决定。

北川的这一发言，受到熊本县知事细川护熙言行的影响。细川说，熊本县和窒素公司都愿意坐到和解席上，只有国家拒绝和解，蛮不讲理。他还考虑归还代替国家行使的患者认定义务。进而，他逼迫北川，如果这样下去的话，他打算停止代替窒素公司赔偿金而对患者发行的"县债"。北川从自身的立场考虑，也至少需要表现出一些积极的姿态，而不只是拒绝庭外和解。最终他所选择的做法，就是环境厅长官在11年后视察水俣当地，这其中也包含来自熊本县方面力邀的因素在内。

在国会上讨论水俣诉讼案问题和北川视察水俣当地之事的11月，山内在赤坂见到了福冈春吉小学时代的同学们。事情源于当时在四国工业写真株式会社担任社长的森部正义出差要来东京，他希望见一下山内。见面的成员中有森部夫妇、石井洋子、藤木淳次、户仓铁良以及山内。

石井洋子是山内小学时代担任班长时的搭档——副班长，两人相互配合，关系很好。在同学中，石井是难得的一个和山内无话不谈的人。她总是对日常生活中一心扑在工作上的山内说：

"放松下来，去玩吧。"

五年前，石井和山内见面，那是小学毕业后的第一次重逢。两人约好在银座和光百货后面的雷诺阿咖啡馆见面。石井按时抵达时，山内已经来了。他说工作结束得早，提前一个小时就到了，所以坐着看书。

"去美术馆吗？"

山内邀请石井。

受邀的石井吃了一惊。她没想到年近半百的男人，时隔多年和小学同学见面时提议去美术馆。

石井邀请山内去了附近的烤鸡串店。店里人很多，非常热闹，据说山内非常开心地注视着喧闹的场景。

小学时代，在文学上给了山内很大影响的森部，小学毕业后转校去了四国，他母亲死在那里。有着类似经历的山内和森部互通了一段时间的信，还给对方寄自己的文章习作和创作的诗歌。两人以这种形式见面还是最近才开始的。

山内说由于工作忙，无法确定能不能去，但他还是准时抵达了大家集中的赤坂。

"原以为今天有工作上的事来不了了，没想到来成了，太好了。"据说山内说了好几次这样的话。

大家兴致勃勃地回忆各种往事，偶尔提及水俣病的话题。

"嗯，够呛。"

山内只是敷衍一句，不想再说下去。

回家途中，石井对山内开玩笑说：

"我想，你是不是有婚外情了？男人嘛。"

石井说的是博多方言。

"你差不多也该在外面有个家了……工作忙到很晚回不了家怎么办？"

石井一问，山内从口袋里取出一双袜子给石井看。

"有这个就行。"

说着，山内笑了起来。

石井听山内说每当工作到很晚时就在单位的沙发上休息，或在东京的商务酒店过一晚，便劝山内：

"那种工作还是辞掉吧，回福冈干个知事也不错。"

石井劝山内。其他人也建议山内从政。山内既不答应也不反驳。

（说不定是个好主意……）

据说石井当时这么想。

虽然相亲后交给知子的履历书上也写着"从政……"，然而这一时期，山内完全没有进入政界的野心。他似乎更想在离开政府机关后去某个大学任教，站上讲坛，教授福祉课程，并继续自己的研究。

山内十分清楚，倘若踏入政界，肯定比现在更忙于各种应对、交际，摆脱不了自己最不擅长的口是心非那一套。也许是过了 50 岁的年龄，山内也对自己的能力有了清醒的认识。他在对福祉和环境的深刻理解方面有着足够的自信。然而，和用自己的见地推动行政改革，并在这一实践中结出硕果所需付出的艰辛相比，将自己置身于大自然，深入思考，深刻洞察，以文章形式记录下来，更加适合自己。山内开始这样思考自己应处的位置。在经历了被称为"高级公务员群体"的高官生涯 30 年后，他大概又回到了那个坐在装橘子的纸箱前，面对稿纸的文学青年时代。

山内留下的笔记中，有一张纸上写着多达 20 个人在省内的最终职位和大学名称，标题为"厚生省毕业大学教员名单（社会科学系）"。山内曾经对好友提到过："我不适合当官……好想回福冈当一个大学老师。"难道他已时常计算从事官僚工作所剩的年份以及自己的人生长度了吗？

11 月底的一个周日，山内去事务次官安原的私宅拜访，目的在于商量救助对策。

回家后已经很晚了，山内告诉知子：

"他请我吃了鸡肉氽锅。"

说了这句话后，他又小声嘟哝了一句：

"我是不是在给人家添麻烦……"

知子当时以为山内指的是周日去别人家里拜访一事，实际上，"添麻烦"这个词的背后隐藏着深意。

11 月 27 日。眼看 11 月就要过去了，而北川视察水俣的具体日程尚未确定。北川想在12月例行召开的国会日前结束视察工作，开始变得坐立不安起来。

"下周视察。"

在未经商量的情况下他对外宣布了日程。山内等事务官员为此匆忙地安排起日程来。

11月30日，北川做出最终决定，于12月5日、6日视察水俣。

12月1日，熊本当地报纸刊登了"患者之会"事务局长的谈话：

"既然要来，就应该向受害者详细交代对庭外和解劝告的看法，为什么拒绝、今后打算如何解决水俣病问题。"

知子看了报纸上有关北川长官将视察水俣的报道，问丈夫：

"你也去水俣吗？"

"嗯……"

山内痛苦地点了下头，不再吭声。

最近一段时间，山内经常熬夜，有时还住在机关连续工作，他和知子提到身体不舒服的事。

"最近便血。"

"心悸。"

山内有些不安地告诉知子。知子觉得丈夫的疲劳到了极限。

"你的工作要干到这种程度，非得连命都搭上吗？"

知子问。

"可是患者们说，他们要没命了。"

山内说。

有天晚上，知子深夜醒来，感觉厨房有动静。她有些担心，去厨房查看，原来是丈夫在餐桌旁的书架前翻着《圣经》。

"怎么了?"

知子问。

"嗯……'你趁着年幼，当记念你的造物主'在哪个部分?"

丈夫问。

山内喜欢《圣经》中的这一节，用红铅笔画了条线，那天夜里好像突然想起，便走下二楼。

"'传道书'的第十二章。"

说着，知子翻开那一节指给山内看。

你趁着年幼，衰败的日子尚未来到，就是你所说"我毫无喜乐"的那些年日未曾临近之先，当记念造你的主! 不要等到日头、光明、月亮、星宿变为黑暗，雨后云彩反回。

"口语体译本和书面体译本相差很大呢。"

知子说着，将两本《圣经》并排放在丈夫跟前。

丈夫一言不发地听知子解释。

这一部分的口语体译本是这样的:

在你还年轻力壮，尚未对那将要来到的悲惨岁月发出怨言之前，你当记念你的造物主。千万不要等到太阳、月亮、星星在你眼前暗淡，也不要等到云层密布的时候才去记念创造了你的主。

12 月初的一个清晨，来上班的环境厅职员在地下一楼小卖部的自动售货机前发现有个身着驼绒毛衫的男子站在那里，正是连续多日晚上住在单位里的山内。

他的模样看上去像是工作到深夜，刚从 21 楼局长室的沙发上起身。进入 12 月之后，一直是这样的日子。

3 日晚，厅内就两天后长官视察水俣一事举行最后一次碰头会，北川、安原、山内、森仁美等厅内干部悉数参加。就在这次会议后，山内留下了请求辞职的便条，第二天一早，他可能是在没有片刻睡眠的状态下给家里打了电话。

12 月 4 日上午 9 点，不知山内是在哪儿给家里打的电话，3 日晚也没有住酒店的痕迹。在厅内一直待到清晨，离开环境厅时才给家里打了电话，这种判断大概比较说得通。

决定"失踪"的山内究竟去了哪儿？两个半小时后，山内在东神奈川车站打了第二个电话。这两个半小时，山内去了哪儿？看到了什么？见了谁？他在想什么？为什么放弃失踪计划回到自己家里？东神奈川车站附近，有长女知香子工作的公司。可是，没有他去找过女儿的行迹。

还可以想到的是羽田机场。如果要失踪的话，坐上飞机，比如飞回老家福冈也没什么奇怪的。但是，从结果上来说，他放弃了原来的念头。是什么让他中止了失踪的计划？

在东神奈川车站给自己家打了电话后，山内搭上横滨线电车，抵达町田站。他在町田换乘公交车，中午 12 点前后，他已经站在了平时总是深夜才在那里下车的药师台公交站台上。从车站走回家的五分钟内，山内沿途见到了什么呢？

开头第一章提到的随笔"亲近被遗忘的土地"中，山内是这么写的：

> 在町田居住已经第三个年头了，虽然对每天清晨出门和下班回家各接近两个小时的通勤拥挤状况不能说完全习以为常了，但是，在公交站前等车回家的疲惫感，也在住宅附近下车后所走的几分钟的夜路上逐渐消退，体内仿佛注入了营养剂。
>
> 夜路上，不同季节的花草和土地散发着香味。我感觉那是很久以前祖父的呼吸，唤醒了我少年时代的温馨记忆，这让下班回家的身心得到了治愈。

可是那一天，冬季的草木和土地的香味并没有治愈山内疲惫的身心。

12 点过后，身心疲惫的山内打开了自己家的门。

第十章

结论

12 月 5 日上午 7 点。

长女准备出门上班，山内从二楼下来。他目送收拾完毕的女儿。

"工作很辛苦吧……"

山内开口道。

知子发现丈夫看上去比昨天平静了很多。

上午 8 点。

到了知子外出遛狗的时间。她和往常一样出了家门，不到 9 点就折回了。

丈夫还是和知子出门前一样，穿着睡衣，外披长袍，坐在餐桌前的椅子上。他好像在等知子回家。

"吃饭吗?"

"现在不想吃。"

"还是要吃点东西。"

说着，知子开始做汤。丈夫稍微喝了点儿。

丈夫看上去不准备换衣服。

（昨天说要辞去机关的工作，今天大概不用去了吧。看来可以休息一下了。）

知子想。

丈夫喝完汤，低声道：

"我要睡到中午……之后给办公室打电话……然后去上班。"

从他的语调中完全感觉不到霸气。丈夫只说了几句话后便有气无力地起身，准备从知子身边走过去。

丈夫看上去非常虚弱，知子很担心。她起身抱住丈夫。

"我们一起加油！"

知子对丈夫耳语道。丈夫点了点头，"嗯"了一声，似乎没把话说完。

丈夫走上楼梯，进了自己房间。

9点。

丈夫刚上二楼，玄关的门铃响了。

在院子里扫樱花落叶的知子向玄关望去，送快递的人捧着一束鲜花站在门口。

寄件人处写着吹田幌的名字。吹田是众议院环境委员会委员长，和丈夫关系不错。

（大概是丈夫以身体需要静养为由不去水俣的慰问品。）

一瞬间，知子犹豫是不是该告诉丈夫，转念一想他还在睡，不能叫醒他。

知子和往常一样，打扫房间，洗衣服。

美香子好像也起来了，开始在自己的房间里学习。

知子平时都在二楼的阳台上晾衣服，上阳台必须从丈夫的房间出入。

（还是让他安静地多睡会儿吧。）

知子这么寻思着，决定推迟晾衣服，将放衣服的篮子放在楼梯下方。

过了 12 点，丈夫还没起身。知子觉得奇怪，丈夫是个十分守时的人。

（今天还是不叫醒他吧，就算我自作主张。）

知子想着，放弃了叫醒丈夫的想法。

（再睡会儿，再睡会儿，把之前缺的觉补回来。）

下午 2 点。

丈夫还没下楼。

知子担心起来，走上楼梯，打开二楼的房门。

知子看到了丈夫极其异样的身姿。

"这就是他最后的结论吗?"

知子冷静的脑子里瞬间闪过这一念头。不过，冷静只是那么一瞬，下一个瞬间，知子高声叫了起来。

听到知子的尖叫声，美香子从她房间里飞奔出来。

丈夫已经死了，身体开始发硬。

知子试着将丈夫移到楼下，由于身体太重，她无法移动他。她只得下楼，给警察和环境厅打电话。

"我是山内的妻子，我丈夫死了。"

"啊?……"

电话那头，环境厅的女士惊讶得好久说不出话来。

"我是山内的妻子，我丈夫死了。"

知子又说了一遍。

回到二楼。

房间门口，和昨天一样，放着丈夫为去水俣准备的黑皮鞋。

写字台上放着两张名片，背面朝上。用于国外出差而印着罗马字母的名片上，用黑圆珠笔写着潦草的小字：

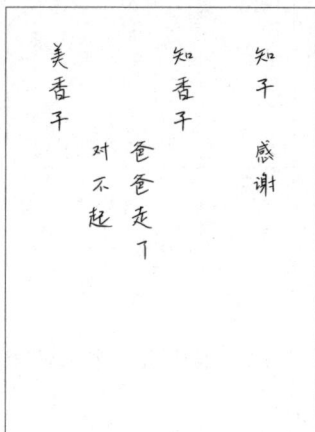

知子　感谢

知香子　爸爸走了　对不起

美香子

> 安原次官　我无法表达我的万分歉意
>
> 森官房长　　给各位添麻烦了

町田警署的刑警和医师很快抵达了。环境厅也来了三名男性职员。

山内留下了写着次官名字的遗书，知子觉得必须告诉机关。

"他还留下了这个。"

知子将名片出示给企划调整科的 M。M 看着名片上留下的小字，流下了眼泪。

和警察一同前来的医师进行了尸检。

死亡种类　　　外因死亡　　　自杀

死亡原因　　　Ⅰ直接死因　　　典型缢死

　　　　　　　Ⅱ（1）之原因　　不详

其他身体状况　透露过因过劳而身体不适

手段及状况　　用电线在壁橱上方天花板的横梁上绕了两圈，

　　　　　　　制成圈套，站在大约43厘米的椅子上，面

　　　　　　　对壁橱自缢身亡

推定死亡时间　上午10点

以上是医师的死亡证明书。

第十一章

忘却

12 月 5 日上午 10 点。

载有北川长官等水俣视察团一行 19 人以及众多媒体相关人员的日本航空 393 次航班即将在鹿儿岛机场着陆。

《朝日新闻》环境厅记者俱乐部的 T 姓记者随行采访，因此他也在机舱内。

10 点过后，抵达机场的北川立刻前往水俣湾填海地区，视察专为处理含有水银的淤泥而填埋的地块。午餐后的下午 1 点 50 分，北川前往水俣病患者专用设施"明水园"，在森山弘之院长的陪同下与先天性水俣病患者见面。北川抚摸着患者的胳膊，眼中噙着泪花不断重复着"保重！保重！"。患者们用力拉住北川的上衣和领带，用不成调的语句向他倾诉。

之后，北川前往水俣市劳动青少年之家，守候在那里的是"水俣病受害者之会"的 1200 名成员，大家齐声高喊："政府坐下来解决问题！"

患者团体的代表们在这里向视察团诉说了受害的实情，请求政府尽快采取救助措施。

"我对水俣病有了新的认识，一定会积极致力于问题的解决。"

面对患者的诉求，北川答道。第二天，报纸对此进行了报道。

结束了仅仅五个小时的匆忙视察后，下午3点，北川举行记者见面会。随行半日的 T 姓记者也在会场上，记录了北川记者见面会的情况。

会见中途，县厅的职员对森官房长低声说了些什么，森官房长立刻对北川耳语了几句。T 姓记者当时并未觉得奇怪，现在回想起来那大概是山内局长自杀的消息从东京传来的时候。

记者见面会上，有记者提问北川对水俣问题的具体对策是什么。

"我心情十分沉重，感到心痛不已。我们要将患者的声音变成奋斗的动力，我想我们必须采取具体的措施。只是，现在我还沉浸在物哀的情绪中，具体对策在此难以奉告。"

北川回答。

T 姓记者边记着笔记边在心里嘀咕，干吗说什么让人费解的物哀情绪啊，不过这人有时的确会说些奇怪的话，何况直接面对患者，算是他独特的表达方式吧。

记者见面会结束后，视察团一行乘坐面包车前往熊本。按计划，晚上7点北川在熊本与细川知事会谈后，7点30分单独举行记者见面会。

在移动的面包车里，山内局长自杀身亡的消息在记者中传开。正式对外公布局长自杀的消息，是在抵达熊本之后。

12月5日各报的晚刊和6日的早刊，都出现了醒目的大标题

"环境厅局长自杀身亡"。

报纸的版面上能看到"文人气质官僚，扮演倒霉角色""拒绝庭外和解的众矢之的"等字眼。也有的报纸在报道中解释，由于大藏省和通产省的意见难以调和，拒绝接受庭外和解劝告而使得山内深陷痛苦之中。

然而，为什么在山内局长自杀前从未有人指出过这一状况？报道称山内局长成为"众矢之的"，那么，代表舆论批评山内局长的是什么人？几乎没有媒体对环境厅拒绝接受庭外和解劝告的政治背景本身提出过批评。负责人甫一死亡，报纸的社会版首页便大肆披露当事人进退两难、痛苦不堪的事实，而这所有的一切都于事无补。假如山内没有自杀，这个问题不也就是环境厅被当作恶人挨几句骂而已吗？

事实上媒体完全没有这方面的反省。从守夜那晚起，媒体蜂拥至山内家。电视台巨大的照明灯对着住宅，摄影记者不断打着闪光灯。记者们一次次按响门铃："请谈谈您现在的心情。"

守夜那天，政界送来了大量花束。紧靠玄关左侧的和室房间中设置了祭坛，挂着山内的照片。照片中的山内，脑袋向右微倾。

守夜中忙于接待来客的知子，总算在忙碌中让自己保持了平静，而媒体记者们却并不善罢甘休。守夜期间，大报社来了两次电话，希望她谈谈心情，发表一下感想。知子对这些采访一概不予理会。

等北川石松等政界官员匆忙的吊唁结束后，家里终于恢复了宁静。媒体的攻势似乎也暂告一个段落。山内的老朋友们在设置祭坛的和室内围着山内的遗体，开始回忆往事。知子也坐下，倾听大家的谈话。在宁静的气氛中，知子也断断续续地谈起丈夫的事情。

丈夫准备上二楼时，我为什么要对他说"加油"……为什么没有说一句"好好休息"呢……我真的后悔莫及。他已经为我们这个家在拼命工作，一声不吭地拼命加油……对这样的丈夫，最后对他说的居然还是加油……

知子将自己的悔恨都在这些断续的话语中表达了出来。

某周刊原封不动地刊登了知子说的话。那篇报道的标题为"本杂志独家报道 来自遗孀的告白"。记者好像是穿着丧服冒充友人混入守夜席中的。该周刊无记名的报道，在"独家告白"之后还介绍了告别仪式上友人伊藤正孝引用的山内的诗《遥远的窗户》，最后颇不自然地以"愿山内先生安息"作为结束。

媒体对自杀身亡之后的山内表现得较为宽容。他们摇身一变，对山内用上了同情的言辞。

生活态度严谨、热爱家人、具有文人气质

拥有文学青年气质的官僚自杀 因过于善良而陷入困境

过于厚道的男人

非典型官僚的水俣病担当局长之死

　　他是一位对任何事都十分尽心尽责的人，他想必累坏了。彼此忙于工作，最近难得见上一面。山内局长除了本局的职责，还负责水俣、地球环境等繁重的工作。将水俣问题和局长自杀联系在一起加以各种推测是毫无意义的。甚至山内夫人都不了解真相。我们这些政府官员永远处于进退两难的境地。

环境厅企划调整局地球环境部长　加藤三郎

　　突如其来的噩耗让人难以置信。上个月 7 日，在同期生聚会的午餐时见到他，他依然那么精神。他是同期生聚会的万年召集人，是一个善解人意、踏踏实实的人。他酷爱学习，著书立说，年轻时写过小说，是个充满浪漫情怀的人。

厚生省保险局长　黑木武弘

环境厅事务次官安原正在记者见面会上说了下面一番话：

　　最近，他作为企划调整局长每天忙于公务，处于连续工作到深夜的状态。局长家住町田，从町田来上班需要坐大巴，深夜没有大巴，工作到很晚时，他住在酒店的事情好像也有过很多次。

不仅是安原，环境厅内部的职员都认为，山内自杀的原因不仅是水俣病问题，各种繁忙的工作压在身上，过度疲劳使他产生了自杀的冲动。至少，那些相关人员的发言，能让人感到他们想让周围的人相信这一点。

他确实疲惫不堪。无论是在身体上还是精神上，长年为福祉、环境事业打拼无疑令他疲惫到极限。全球变暖问题、石垣岛白保的机场建设问题、长良川河口堰问题……堆积如山。然而，他们所说的悼念的言辞，用罗列一大堆问题的方式，似乎在力图掩盖事件的本质。

环境厅只提到了山内留给家人的遗书，而隐瞒了留给安原和森的遗书。

前面提到的 T 姓记者谈到隐瞒遗书的理由时说：

"我想可以有多种解释，一行潦草的小字不足以称作遗书，可能怕产生误解。有了遗书，就成了有预谋的自杀行为。那样的话，无法获得公务灾害认定，也难以叙位叙勋。如果定为一时精神错乱造成死亡，无论是对本人还是对家属都比较有利，应该是这么考虑的吧。"

T 姓记者在说了上述这些话后，又提到了一种可能性：

"水俣的负责局长，留下道歉的遗言后自杀，这会让环境厅受到更加严厉的指责，甚至可能会因被挖出厅内的各种矛盾而受批。也有可能是基于这种考虑而隐瞒了遗书。"

赶到山内家的环境厅官员，见到知子拿出的遗书而落泪，究竟是什么理由让他隐瞒了遗书存在的事实?是出于一个官僚对公开遗书后环境厅处境的担心吗?

还有一个疑问。

留给安原次官的遗言：我无法表达我的万分歉意。这里的"歉意"究竟想要表达什么？

安原说他不明白遗书所表达的意思。

"谈到'歉意'和留给森先生的'添麻烦'这两个词的意思，我想说政府机关的工作确实很难做。尤其是山内先生怀揣良心，为福祉行政殚精竭虑。这个有良心的人，在僵化作风盛行的机关工作会四处碰壁，苦不堪言。用做人的良心对待工作，在机关里只会干得头破血流。你必须用国家的逻辑行事，在一定程度上必须变得冷酷无情。机关是这种人才能生存下来的世界，环境厅也一样。尽管这是常理，山内却为此痛苦。作为一个纯粹的人而痛苦不堪，他苦苦思索，如何改变这种状况，困难在哪里。"

T姓记者是这么看待山内的。

山内为水俣病患者苦苦寻找救助途径，最终他想到适用于公害健康损害补助制度，为此奔波于各省厅之间，探寻实施的可能性。据说11月底，山内去安原家拜访也是为了商量这件事。然而，也许对于安原来说，为寻找救助对策的山内的行动是在给自己添麻烦。

"安原觉得，只要按法律和先例、判例，以快刀斩乱麻之势加以推进即可，没必要优柔寡断，他觉得山内的做法过于固执。面对这样的安原，山内作为部下可能感到自己力不从心，因此在名片背后写下了道歉的话。

"这次的视察，原本也是11月1日北川和川本商量后突然决定下来的。北川即便在自民党内也不属于保守派的主流，他不懂官僚的思维逻辑。他以为坚持'我就想去，有什么不对吗'就行了。作为政治家，我觉得这种态度是正确的。但是，作为官僚，不带点见面礼去是行不通的，这是干事务工作的人理所当然的想法。山内和他手下的事务官员们好像也因此不得不背上沉重的包袱，变得坐卧不宁。

"想要救助灰色地带的患者们，可以给他们送些见面礼，可是，既然处于诉讼阶段，那就无法付诸行动，无论是大藏省还是其他省都会这么说。山内为此奔波于各省厅，但他并没有筹集到任何见面礼便迎来了 12 月 3 日。应该就是这样。"

T 姓记者解释事情的原委。

某周刊推测，12 月 3 日深夜的会议上，北川斥责山内没有筹集到见面礼，并说了不用同行去水俣的话。北川否认了这一说法。该会议上具体商议了什么不得而知，然而，有一点十分明确，即无论怎么商议，除了北川前往水俣这件事之外，本次的水俣视察不会有任何收获，也没有救助对策。

从结果上而言，没有任何具体对策，这是谁都明白的事实。无论是前往水俣视察的北川，还是接受视察的熊本县一方，都十分清楚。

在山内留下的文件中，有一份传真。

发件人是"熊本县公害部公害对策科"，上面印着的日期和时间是"90 年 12 月 3 日 18 时 38 分"。这是北川视察的两天前。这份熊本县公害对策科发给环境厅山内的传真，抬头上写着"知事记者见面会发言用"（平成 2 年 12 月 5 日，北川环境厅长官来熊）（案）。

问：关于保健福祉方面的对策，进行了怎样的对话？

县政府针对对健康有所担心的居民，迄今采取了特别医疗等方面的对策，针对在水俣病认定申请中被驳回后依然因担心健康问题而提起诉讼或再次提出认定申请的居民，为尽快解决水俣病问题，我们考虑需要进一步采取保健福祉对策，迄今我们一有机会便向国家提出了这方面的请求（和县议会一起向国家提交申请和申诉）。

今天，就这方面的问题再次向长官提出请求。

与北川长官进行了坦率的意见交换，结果上达成了需要采取相应对策的一致意见。有可能的话，尽快从明年开始实施新的对策，对此也达成了一致意见。

关于具体内容，今后将有国家和县政府的具体负责人进行探讨。

这是细川护熙与北川恳谈结束后的讲话稿。

事实上，仿佛在实际对话之前便看到了"一致意见"那样，为了进行"坦率的意见交换"，北川在一片吵嚷声中做出了前往水俣的决定。

其结果，诞生了北川作为环境厅长官11年后再次视察水俣的实绩；同时，以细川知事为首的熊本县一方，留下了促成省厅前来视察的成果；对于患者，没有出现任何具体的对应措施；而在此期间，环境厅的一个官僚走上了自杀身亡之路。

山内高中时代的友人伊藤正孝指出，拿不出具体的救助对策，让长官前去水俣视察是一件危险的事。环境厅事务官员的人是这么考虑的。当着患者的面，如果善卖人情的北川一不小心说出"救助"二字，那也就意味着偏离了由环境厅自己提供的"国家见解"。如何才能阻止北川前往水俣?环境厅的本意和山内的"歉意"一词实际上是联系在一起的。伊藤正孝是《朝日新闻》编辑委员，他作为新闻记者参与了对本事件的调查采访。

"怎么解释'歉意'一词?直接理解的话，应该是山内接到了安原次官的命令，但根本无法完成，只能以死谢罪。

"将道歉和水俣病诉讼案联系起来考虑的话，最有可能的情况是来自环境厅长官北川打算和患者对话一事。虽然做不到直接干涉，山内始终在想方设法阻止这场对话，我想大概就是如此。"

实际上，北川原定 11 月 6、7 日两天出席第二次世界气候大会，由于受到国会审议《协助联合国维持和平活动法案》的影响未能成行。厅内事务方面的官员千方百计想把北川送出国门，他们以视察水俣的日程冲突为由试图说服北川。

在直至 12 月 10 日例行的国会之前，如果将日程填满的话，之前批评拒绝庭外和解劝告的舆情大概也会缓解。

事务人员方面，打算安排北川访问英、美两国，制订协商今后全球变暖防止对策的计划，并进入日程。然而，11 月 28 日，英国首相突然辞职，北川的访英计划未能付诸实施。

"所有计划都失败了，北川先生擅自决定前往水俣，因此展开了各种尝试性的行动。而这些行动落到了事务方面的人员身上，山内君就是其中的一员吧。所有的尝试都失败了，所以由他承担责任。我是这么理解的。"

伊藤说。

山内没能阻止北川视察水俣。为此，在 12 月 3 日的深夜会议上，在北川离席后，安原批评了山内，这也不是没有可能。如果事务方面的一把手局长同行的话，善卖人情的北川一旦在患者面前放言"救助"，那么，这有可能被理解为环境厅的正式宣言。所以，也有可能安原对山内说了"你不要去"的话。不过，这毕竟只是推测。

12 月 8 日，在中野区宝仙寺举行的告别仪式上，伊藤作为友人代表发表悼词，他表达了自己的愤怒：

"山内君，现在我十分愤怒。比起悲伤，我更多的是愤怒。是谁将如此光彩夺目的你推下了无底深渊？职场上难道再没有给予你更多支持的人了吗？同时，我也对你感到愤怒。难道就没有在官僚这条路上走下去的其他途径吗？"

职场上没有支持山内的人，环境厅这一政府机关复杂的构成是其中一个重要原因。T 姓记者如是说：

"他无疑是个优秀人才，在官僚中很稀有。其他人只热衷于仕途，只考虑自己出身省厅的利益。"

环境厅在成立之初，是由来自各省厅的人马组成的。换言之，科长以上称作干部的职位，在那一刻已经全都被其他省厅出身的官员所占据（之后，于1991年7月9日，在环境厅成立的第20个年头终于诞生了两位环境厅土生土长的科长）。

从其他省厅调任的干部，想的更多的是返回自己出身厅后的仕途，而非真心想在环境行政方面有所作为。

"总而言之，在环境厅工作，没有人替你操心以后的事。从大藏省调来环境厅的人，换句话说就是掉队了，都是次官竞争通道上的失败者。真的都是些不干活的人。山内也没有朋友，什么工作都是亲力亲为，他还亲自找资料，自己倒咖啡呢。"

T姓记者进而说道，

"一般官僚受好评的要素可以分为三个点。第一点是面对自民党。是否被自民党干部看好。第二点是面对其他省厅。也就是说会不会搞关系，能不能建立互惠互利的关系。第三点是面对媒体。将来从次官进入政界，需要仰仗媒体用笔杆为你抬轿，所以必须和记者们建立亲密的关系。

"无论从哪个角度来看，山内在这几方面都不擅长。在厅内，从上到下没人觉得他是个有能力的局长。就在山内上任企划调整局长时，自民党环境部会上，有个议员当着山内本人的面无情地数落'这种无能的家伙，不堪重任'。从这层意义上来说，对他的评价真的很低。"

他为什么没能当上厚生省事务次官？他以第二名的成绩通过高级公务员考试，理应在竞争次官的起点上将其他人远远甩在了身后。这样的山内，为什么会被委派到环境厅工作？

在昭和 34 年入省的人中间，据说对于厚生省次官的职位，只是两个人之间的竞争：山内丰德和黑木武弘。黑木也出身于东京大学法学部，入省当年分配至儿童家庭局企划科。1973 年，山内在厚生省担任大臣秘书官事务员时，黑木调任环境厅，干的也是秘书官事务员的工作。当时的环境厅长官是三木武夫。据说记者们对黑木的评价是"为人低调，精明能干"。从当时的职位上也能判断，厚生省干部对两人的评价，山内显然高于黑木。

但是，1977 年起对两人的评价发生了逆转。是年 8 月，山内出任社会局设施科长，同一时期，黑木出任保险局国民健康保险科长。

昭和 20 年代[1]，日本整体处在摆脱战后贫困的年代，厚生省的主要工作是制定贫民对策。因此，当时省内围绕这一对策展开工作的主要部门——社会局受到极大关注。社会局长被认为是最右翼的职位，自该时期至昭和 30 年代，担任事务次官这一职位的人物大多担任过社会局长。

随着时代的变迁，进入昭和 40 年代后，整个国家已经脱离了贫困，厚生省事业的中心也从贫民对策进而转移到完善医疗、健康保险、年金等方面。因此，昭和 40 年代以后，担任次官的人物几乎都担任过保险局长。如此一来便出现了这种状况：没有担任过保险局、年金局、药物局等科长职务的人，之后也无法坐上统领整个省的职位。在这一倾向彻底成为定局的昭和 50 年代，山内被分配到了地基

---

1. 即1945年至1954年之间。——译注

开始下沉的社会局，黑木则被分配到了前途无量的保险局。

然而，这一分配正是山内自己所希望的。他主动选择了厚生省中并不重要的部门——负责残疾人以及贫困家庭救助工作的社会局，而没有首选被视为晋升通道的保险局和年金局。也许说这就是他当初坚持入省救助弱者的初心，哪怕放弃成为厚生省事务次官也不为过吧。在这一阶段，黑木无疑已经确信自己将来必成事务次官。之后，黑木历经大臣官房审议官（负责医疗保险），保险医疗局以及其他重要局的科长、部长等职，1990 年 6 月，就任第一局长——保险局长。

厚生省记者俱乐部出身的某记者说，山内确实聪明过人，"能吏"一词用在他身上可谓名副其实。他在秘书官等辅佐上司的职位上干得十分出色。但是，他太善解人意了，偶尔和关系不错的记者一起去酒馆热闹一下，他也总是时刻关注了除自己以外的其他人是否喝得开心，是否有人觉得无趣，并想方设法让大家尽兴。山内这种性格的人，当他处于领导别人的地位时，由于待人过于真诚，反而会影响决断力，发言也会变得优柔寡断。

记者说，在 1977 年的时点上，山内的真诚成了他逆转的原因。保险局需要和医师厮杀，年金局需要与以国会为舞台的政治家短兵相接，这种胆量和决断力，要干脆利落。当时，那些省干部判断山内不适合保险局和年金局的工作。山内自己的志向和省干部的判断在不同的意图下不谋而合。1986 年，山内调入环境厅，从某种意义上可以说十年前就已决定下来了。

也许，换位思考的真诚品格以及对福祉事业的理想追求并不是厚生省所需要的。山内自己所说的从事福祉事业的人不可或缺的"对人的热情"这一资质，或许是他作为官僚获得好评的最大障碍。这在他调入的环境厅也如出一辙。

山内在公害科工作时的上司桥本道夫如此评价：

"我对山内君太了解了。工作十分勤奋，人品非常好，善良厚道，出类拔萃，聪明过人。不过，那个职位对他来说可能负担太重了。环境厅的企划调整局长，这个职位有相当大的权限。有时必须发怒，有时要和人干架，还必须有决断力。对他本人来说，能做到哪一步？他一定很痛苦。我是这么认为的。

"在他刚担任企划调整局长时，我担心他究竟能否胜任。我并不是对他评价过低，他是个非常好的人。可是，人事上的安排，如果不是让人得其所哉，其就会干得非常艰难。就像我，被人拽领带、踹屁股，被骂得狗血淋头，我已经习惯了被人恶狠狠地对待。

"和我相比，他在性格上有些多愁善感。我没有批评他的意思，每个人的性格不同。你让他干个社会局长试试，他一定干得不错。为什么让他这样的人干企划调整局长，我不明白的是这一点。"

桥本的话中批评了厚生省环境厅的人事安排。在山内担任福祉科长以及保护科长等职务时，他充分发挥了他的理想主义、温厚的人品以及对福祉事业的热忱，受到了好评。但是，随着山内职务的升迁，作为官僚需要的不再是什么"理想"，而变成了利用"关系""策略"等政治手腕。环境厅的企划调整局长，是最需要具备这种手腕的职位。

他并不希望升职。他对知子常常念叨的是"我想回到一线""在埼玉工作的那段时间是最快乐的"。

厚生省内也有人说山内不适合担任企划调整局长。据说在他为水俣问题深感痛苦时，也有干部提出："不如让他回厚生省干社会局长。"但也有人表达意见："再忍一忍就能当上次官了。"现实情况是，没有合适的职位等在那里，这件事也就被搁置下来了。然而，山内所遭遇的不幸，其本质并不在于职务问题，而是理想主义被现实主义所压垮这一当下整个时代所面临的问题，政府机关的人们不知究竟是否理解这一点……

环境厅事务次官安原正，1958 年于东京大学法学部毕业后进入大藏省，是大学时代比山内高一个年级的师兄。安原在大藏省工作期间隶属理财局，和他同一时期入省的人里，有担任总理大臣秘书官的尾崎护、由主计局总务科长提拔为主计局次官的角谷正彦，三人被称为"三只乌鸦"，甚至一时传言，他是事务次官的候补人选。

可是，安原从这条次官的跑道上败下阵来。其中一个原因是，他所属的理财局在省内排第三位，和主计局、主税局相比处于竞争劣势。安原在环境厅次官卸任后，将去大藏省的相关团体任职。

山内的直属部下、企划调整科长 H 毕业于东京大学经济学部，来自大藏省，他也早早被排除在了大藏次官的竞争赛道之外。

大藏省所持的立场是，支付患者高额赔偿金纯属天方夜谭。这样一来，大藏省出身者只能按照大藏省的意图开展环境行政工作，暂且不论已经做好了要在环境厅干到退休心理准备的人，对于想要不久后返回大藏省，或今后去大藏省的相关团体任职的人来说，这种做法是官僚中的常识。山内就在这两位大藏省出身者的夹缝中生存。

山内说"不好办的是内部"，指的就是这件事。

可以判断的是，大藏省的意图和环境厅的意图对立，患者心情和国家见解对立，围绕北川长官视察水俣一事的意见对立，与厅内大藏省出身者的矛盾对立，还有最重要的，来自山内自身——人的良心和官僚所处的立场对立，他在重重的夹击下选择了死亡。这是他拿出的最终结论。

然而，最后依然留下一个让人费解的问题。如果自杀是为了逃避多重夹击，那么，山内为什么不从环境厅辞职?为什么不辞去官僚的工作呢?难道还有辞职后都无法解决的问题吗?

他著书立说，是前环境厅第一把手，退职后无疑可以去某个大学任教，休息日夫妻双双移步美术馆，过上这样的日子不在话下。正如知子所说的那样，就当"早点退休了"而已。

事实上，4日晚上山内也向家人提到了辞职的想法。然而到了第二天，他却拿出了与自己所说的话完全相反的结论，这是为什么?

与山内生前关系亲近的"癫痫病协会"的松友了，在山内死后不久断言，他的死绝不是一时冲动，也非精神错乱导致。

"我看了电视等媒体的报道，发现他十分疲惫。但是，山内先生过去也经历了很多困难，都挺了过来，这次的困难，他也一定能挺过去。

　　"并不是说我有多了解他，能和他感同身受，我觉得，至少他不是为了逃避而选择自杀。当然，活着进行搏击、勇敢杀出重围是最难能可贵的，可是，他的选择不也是和他自身独有的生活态度相匹配，并贯穿始终的吗?至少，他忠实于自身的人生态度和自身的生活逻辑。正是想要坚守，他才选择了死亡。我想，当他想要一如既往地坚持忠实于身为官僚的自己，忠实于性本善的自己的那一刻，他以那种形式得出了最终的结论。

　　"所以，从这层意义上来说，不是来自谁给的压力这一外部问题，而是来自他本人，他自身的美学，或者说他自身的真诚。这一真诚使得他没能从问题中挣脱出来，从而选择了自杀。"

　　山内将自己所写的诗歌以及作文、论文等都整齐地放在一个文件盒里，从该文件盒里发现了一首名为"可是"的诗歌。

　　可是

　　可是……
　　这个词
　　不断在我胸中喃喃自语
　　迄今，它是我的内心唯一的依靠
　　我的生命、我的热情
　　正因为有了这个词——
　　我的自信来自这个词

可是，
最近我听不见这个词了

犹如一棵大树在胸中倒塌
这个词在不知不觉中消失得没有了踪影
可是……

我已经听不见这个词了
可是……
可是……
我一次次地尝试着嘟囔
那种燃烧的欲望
那种蓬勃的热情
已经破灭

"可是……"
我面对人群
只是一人孤独伫立
尽管夕阳正在落下
快
还给我
曾经用力高喊的那种自信

　　第一次写作这首诗，是山内 15 岁时。那一时期，他加入了高中文艺部，埋头诗歌创作。山内对这首诗的创作似乎投入了十分的热情。他在笔记本上重写过几次。第二次是在大学时代，写在大学的笔记本上，当时他立志成为小说家而不断投稿，但是屡战屡败。也许他每次写下这首诗，都是为了激励自己。

　　第三次没有明确的日期，是用蓝墨水写在左下角印有"财政经济弘报"字样的稿纸上的。这首诗放在山内自己整理的文件盒的最上面，看上去写作时间就在最近。

　　知子在山内死后整理他的文件时发现了这首诗。

　　"读到这首诗，我觉得是他的人生信念，或者说是他严于律己的生活准则凝聚成了这首诗。真的让人心痛……"

　　知子说。

　　"可是"一词，表达了山内对现实社会的反抗，显示了他青年时期特有的精神洁癖，是理想主义的象征。

　　山内的人生宛如这首诗，总是处于人生的逆境。无论是学生时代，还是厚生省时代。他虽然从事官僚的职业，但是，他和这一职业的代名词"山头主义""权威主义""出人头地"始终划清界限。这当然有他付出的努力，更是他的天性所致。这首名为"可是"的诗歌，正如知子所言，凝聚了他的人生观。同时，他在诗中所叙述的自己内心世界中的某种缺失感，以及面对这种缺失感所产生的焦躁，也是最为山内式的。他竭尽所能、发奋努力、一丝不苟，被内心世界的缺失感以及由缺失感带来的焦躁感所驱使着。

　　在这一焦躁感的驱使下，他推进着自己的福祉事业。

可是，他对福祉事业所做的努力以及认识，很少直接作用于他以官僚的身份所开展的工作上。

也可以说，无法发挥作用。

这也是他的弱项。

山内在环境厅工作期间，公害健康损害赔偿制度遭到了废止。他一定认识到这是十分愚蠢的行为，可是他没有表达。这是官僚的身不由己之处。他的长官是稻村利幸，如果他以一个官僚的身份对上司建言，那么，他的官僚生涯可能会立刻断送。

自然保护局长时代，他和妻子二人在町田周边的大自然中散步，夫妻二人走在山上，让他重新找回了失去的少年时代，他沉浸于大自然中，度过了宁静的岁月。可是，长良川河口堰建造起来了，白保的珊瑚礁面临因机场建设用地而被填埋的危机。作为日本自然保护行政事业的最高责任者，作为一名官僚，他却没有采取促使事态发生重大逆转的行动。

可是，我们能因此而责备山内吗?他用 53 年的时间才终于抓住了家庭幸福，无人可以否定他日常生活的宁静。如果有谁可以否定他的话，那只有山内丰德自己一个人。

在迎来 53 岁这一人生决算期的时刻，他面对自己，重写高中时代创作的《可是》一诗。可是，他竭尽所能也没能再次唤醒自己心中的那股热情。

从某种意义上来说，山内在 30 年的官僚生涯中，"可是"这个词一次又一次被从他心中抹去，可以说，这是他对缺失感进行确认的连续作业。

难道不是在这一连续作业的尽头，山内得出了一个结论吗……

山内留下的笔记中，有一篇标有 1953 年 8 月 9 日的创作片段。

梦话

○

我心中的云说："我越发不知自己要去哪里。我要去哪里？我在移动吗？奇怪的是，方才我还那么快乐，知道自己的愿望是什么，难道此刻却忘得一干二净了吗？不，不可能忘记。那么，是我的想法改变了吗？可是，昨天的我和今天的我不是完全相同的吗？"

我回答它："我来告诉你吧，那是因为你产生了新的情感。你不清楚出现在你内心的新的绝望，以及为什么会出现。今天的挫败，让你如此痛苦不堪。"

云沉默不语。我孤独的心情一直在持续。

"并且，绝望也有消失的时候。不过，对于挫败，你无能为力；对于因挫败而改变的生活，你无能为力。然而，人总要活下去。即使挫败带来痛苦，你也必须忍受。无论面对绝望还是面对快乐，或是苦不堪言，人总要活下去。这是多么悲哀啊。至少对我来说，这似乎会让我发疯。"

我孤独地走着，不由自主地笑了。

○

　　我想明确地说，活在梦中并在梦中思考的人是我，千真万确
就是我。

　　缺失感产生绝望，并且无法消除的挫败感包围着他……面对拒绝
水俣病庭外和解劝告的现实，53 岁的山内，他的心境显然坠入了挫败
的深渊。

　　山内有整理的嗜好。尤其是对自己所创作的诗歌、文章，他亲
手整理了从小学时代直到去世前跨度超过 40 年的作品。有时他标注为
"年录"，以此回顾自己的人生经历，并在笔记本上仔细地记录下迄
今为止的生活。有时，他一本一本地整理自己读过的书籍，按照年份
制作成"藏书录"。

　　他的内心自囿于所有的过去、过去的自己、年轻时代充满激情的
所有言辞，并在过去的束缚中活在 53 岁的当下。执着于过去的自己，
勉强支撑着现实中的自己。然而，仅仅拒绝水俣病庭外和解劝告一
事，以及自己暗地采取的些许无意义的措施，就从正面彻底否定了一
直坚持站在弱者立场上的山内的形象。深感挫败的山内，也许为了逃
避、也许为了接受挫败这一现实，被迫做出了选择。

　　山内喜欢《长别离》这部影片。影片中的主角阿贝尔丧失了记
忆。黛海丝为了唤醒阿贝尔的记忆，和他在咖啡馆跳起了舞，这首舞
曲被配上了歌词。

三拍的曲子　勾起往事的回忆

店内的喧闹声也已消散

合上乐谱　进入睡眠

可是　某天突然

回忆苏醒了

而我却想忘记

　　阿贝尔已经忘记了战争期间所经历的悲惨过去，他只活在和过去完全没有关系的今天。从这一点而言，阿贝尔十分幸福。也许山内正是被阿贝尔的"记忆缺失"所吸引，才会一次又一次地去看这部影片。

　　他竭力忘记不断聚集在自己内心的缺失感和挫败感。然而，真实的内心不允许他回避。结果，他对自己禁止了"忘却"这一行为的发生。同时，他也无法肯定当下已经缺失了至关重要的东西的自己并活下去。这一精神上的洁癖和强烈的自爱，使他走向自我否定的道路。

12 月 5 日上午 10 点。

　　被挫败感摧毁的山内，最后看到的是不是隔着二楼的玻璃窗飘浮在远处的云朵?那里的云朵多么美丽、多么纯粹，也许在山内的眼里，它们和挫败感完全无缘……

随着年龄的增长，"可是"一词逐渐从自己的内心消失了，逐渐被"不过"这一辩解式的辞藻取代并生存下去。也许山内无法原谅这一点。或许，他用 15 岁的自己审判不再说出"可是"一词的 53 岁的自己。

"还给我"是山内对自己发出的呐喊？

还是对"不过"这一时代发出的呐喊？

在现实主义的时代中，

"可是"一词从山内的心中消失，

从时代中，

"可是"一词同样消失了。

终章

道别

告别仪式结束的几天后，知子和两个女儿以及从沼津赶来东京的父亲一起拜访了环境厅。他们和秘书科长〇商谈有关奠仪和丧葬费的事宜。

谈完正事后，知子来到长官室。

北川在办公室。

"假如千金的婚事早点提到日程上来，也许他就不会想到死了……"

北川对知子说。他只说了这么一句话，压根儿无意谈山内工作上的事情。

接着，知子拜访了安原。

安原一见到知子，显然有些不安。

"山内君的后任已经定下了……"

安原说。

（这不是该对我说的话吧……）

知子想。

离开次官室后，知子请求机关的人让自己看一下位于 21 楼的局长室。

知子打开窗户，俯视楼下。

（这里也能跳下去，他为什么要回家后死呢……）

知子的目光跟随黄豆般大小的人流移动，脑子里这么思忖。

12 月的窗外空气，让人的脸上感到冰冷。

很快，近两年时间过去了。

"山内君没有白死，水俣病问题正在走向解决……"

说此话的北川石松，在山内自杀三周后被解除了环境厅长官的职务。

接替北川的是 1990 年 12 月 30 日上任的第 25 任环境厅长官爱知和男。当时正值爱知收受献金一事败露不久，他打消了参加宫崎县知事选举的念头。爱知在长达 13 年的时间里收受库路特献金总额达1260 万日元。

"我作为议员参加过全球环境问题的国际会议，对环境问题非常关注，我会努力。在国内问题上，我想尽力解决机动车废气排放以及水质污染问题；在全球层面上，我想致力于解决全球变暖和臭氧层破坏问题。"

爱知在演讲中如是说。

然而，爱知是背景为高尔夫球场的"高尔夫产业振兴议员联盟"的副理事长，也是"大规模度假村建设促进议员联盟""长良川河口堰建设促进议员有志者会"等一众开发推进派的中心人物，就任之初就有人质疑他是否胜任环境厅长官之职。

紧接着在爱知之后出任长官的中村正三郎，则更加过分。

千叶县出身的中村，自亡父中村庸一郎议员起，父子两代都是开发促进派，力主横跨东京湾的道路建设。从计划阶段起，该道路建设的必要性以及东京湾自然破坏问题就受到质疑，但在中村的强行推进下，计划得以成立。

进而，中村以长子的名义，在新机场建设举棋不定的石垣岛上购入"石垣海滨酒店"，环境厅长官在因生态保护问题而令机场建设产生巨大动摇的岛上经营度假酒店，中村的见识备受怀疑。在这一开发推进派相继担任长官的背景中，令人感到有来自自民党对委任北川为环境厅长官的强烈反省。

山内自杀后一年零两个月，1992 年 2 月 7 日。

东京地方法院对"水俣病东京诉讼案"做出了判决，这是在国家拒绝庭外和解劝告后终于等来的一次判决。

提出庭外和解劝告的荒井真治审判长，就诉讼案最大焦点的行政责任问题做如下判决："总体而言，行政部门当时不具备禁止渔猎的权限，在无法断定污染源的阶段，无法达成限制窒素工厂排水的条件。"这一判决，否认国家应承担的法律责任，全面认同了国家所做的辩解。

在日本人物质生活变得富裕起来的时代，为这一经济增长付出代价的是水俣病患者。这是将他们推入人间地狱的经济增长，而对于支撑这一日本"发展"的企业和政府的犯罪行为，司法却没有进行制裁。

农林水产省主张在本案中不负有法律责任，我们认为之前的主张得到了认同。

省农林水产大臣田名部匡谈话

国家迄今一直主张不负有法律责任，这一主张获得了认同。

通产大臣渡部恒三谈话

我们认为，有关水俣病发生、蔓延中等国家赔偿责任受到否定，意味着我们的主张得到了肯定。但是，原告的一部分人，在相当程度上存在水俣病的可能性，对这一点，今后我们将对判决内容进行认真研究。

环境厅长官中村正三郎

也许事先做了工作，各相关省厅发表的谈话竟然如此高度统一。

事务次官安原正的两年任期，仅一年时间就结束了，1991 年 7 月"下凡"至大藏省相关的"农林渔业金融公库"担任理事。

1992 年 7 月，和山内同期入职厚生省、被称为竞争对手的保险局长黑木武弘顺理成章地出任事务次官。

这两年的时间里，知子身边也发生了很多事。

1991 年 11 月。

丈夫去世将近一年的山内家，收到了"公务灾害认定书"。对自杀者而言非常难以下达的这一认定书，可以说是一次特例。

几乎与此同时，山内家还收到了叙位叙勋的通知。

　　　叙勋正四位

　　　　　　　　　　　平成 2 年（1990 年）12 月 5 日
　　　　　　　　内阁总理大臣　海部俊树　奉
　　　　　日本国天皇叙勋山内丰德勋三等，授旭日中绶章

奖状上写有以上文字。

"心里反而觉得空落落的……"

知子说道，目光落在奖状上。

丈夫去世后，知子为了申请公务灾害认定，将丈夫在家里的情况等写满七页信纸，提交给了环境厅。知子在信中提出想要了解遗书中所写的文字是什么意思，为什么会出现那样的事态。

对于信中提出的疑问，两年后的今天，知子依然没有得到环境厅的答复。

丈夫走了，知子痛苦万分。

（我究竟了解丈夫多少……

一起生活了二十多年，实际上我对他的人生几乎一无所知……

他仅仅留下"感谢"二字就死了，让留在世上的我情何以堪。

他为什么自杀，我完全不了解。

我就在他身边，为什么没能阻止他寻死……

之前丈夫说起想辞去政府机关的工作时，假如我没有说"没关系，总有办法"的话该多好。也许他听了我的话，觉得自己不在了也没关系。

我眼睁睁地看着他去死而坐视不理……)

人是孤独的动物。

终究不过是孤身只影。

哪怕夫妻依然如此。

山内死后，知子一直沉浸在自己不了解丈夫的痛苦中，并不断自责。

（"我待在你身边深感幸福"，我确实向他这样表达过吗……)

知子没有这方面的自信。

（"心心相印"这个词，即便在夫妻之间也是难以成立的。原本就是两个陌生人，不进行交流、不诉诸语言就无法相互理解。我是这么想的……没有语言上的交流不行。我们夫妻之间缺的就是语言交流。)

知子对此懊丧不已。

流年似水。

1992 年春天。

次女美香子在复读一年后考上了自己心仪的 K 大学兽医学部，4 月起开始了大学的校园生活。

快乐的气氛逐渐回到了山内家。

（人恐怕无法彻底了解别人。）

一时这么认为的知子，想法也发生了变化。

（人是孤独的动物。终究不过是孤身一人。但是，也只有清醒认识到这一点，以此为出发点，才能真正去爱另一个人。不认识孤独，则无法理解别人。）

当知子一个人深陷痛苦时，朋友们会聚集在她身边。丈夫的朋友们也给了她很多激励。如果没有这样的激励，恐怕她无法跨过那段岁月。

（孤身一人后，我却真正懂得了我并非孤身一人……）

知子这么觉得。

"他的死让我绝处逢生……由于他的死，我身边聚集了很多朋友，也让我开始认真思考夫妻关系，什么是生活，什么是死亡……这些都是丈夫送给我的礼物。

"度过了 20 多年漫长的婚姻生活，丈夫最终给我留下了巨大的礼物。沉浸在对已故之人的回忆中，一切将无法开始。既然他和我说了再见，我也必须和他说再见。我只能坦诚面对离别，我只能在心中，接受他已经死了的事实。

"他也许觉得留下我和两个女儿也没关系，自己就先走了吧……

所以，我觉得他不希望我痛苦。怎么做才能让他高兴？一定是我们好好生活吧，一定是我好好将两个孩子培养成人吧……

"我完全不懂他为什么自杀。他有一万种死在回家途中的办法，但他回家来了，他想见我一面后再去死……我这么想。这是他对我最后一次撒娇。

"他在我们的家里安心地走了……我想这么想……

"他是自杀的……我想他现在一定十分后悔。过不了多久我也会去他所去的地方，即便我对他说'你走了以后我经历了多少艰辛，我遇到了多少困难'，也无济于事。我还不如说'你死了以后，我做了很多开心的事，想明白了很多事，你那么急匆匆地走了，太可惜了'……为了有一天能这么告诉他，从今往后我想那样生活……"

知子说完这些后，轻声嘟囔了一句，

"我花了两年时间，才学会这么想……"

现在，知子和友人伊藤正孝等人正在忙于准备出版山内丰德的创作和论文遗稿集，知子和两个女儿也为遗稿集写了短文。

"这部遗稿集出版后，我真的可以和丈夫道别了。可以大声和他说'再见！'我有这种感觉。"

知子说。

是年秋天，还有一件令知子十分高兴的事，在自治会委员长的推荐下，自当年 12 月起知子当选地区的民生委员。民生委员主要负责生活补助家庭和福祉事务所之间的协调工作，代表市政府和东京都政府为 70 岁以上老人发放奖励金。

　　"虽然是福祉工作基层中的基层……在他两周年忌辰到来之际，我自己也参与到了他自始至终没有放弃的福祉第一线……我也想尽我的余力做些什么，所以我接受了这份工作。我想参照他所写的文章来开展我的工作。"

　　这些话从知子嘴里一字一句吐露出来。

　　"听上去是不是太用力了……"

　　知子说着开心地笑了起来。

　　两年过去了，知子终于能直接面对丈夫遗留下来的信件和日记。

　　她也能用最温柔的善意接受丈夫最后留给自己的"感谢"二字。

　　现在，知子通过每天的生活和丈夫进行各种交流，虽然只是一厢情愿的。

　　今天吃了什么。

　　今天想了什么。

　　今天和女儿说到你。

　　在药师池又发现了堇菜……

　　就这样，知子一步步地开始了解山内丰德这个人。

　　"现在，如果重新开始的话，我们夫妻，一定能过得很好。"

　　知子说着，开朗地笑起来。

后记

（单行本）

1991 年 1 月 10 日下午 5 点。

为了电视纪实节目的采访，我在町田站坐上大巴前往药师台。我的采访对象是山内知子女士，她在一个月前令人震惊的自杀事件中，失去了丈夫。

11 月起开始采访的节目，原定内容为"描绘生活保障的现状和问题"。正当我以荒川区为中心的采访推进顺利，眼看到了最终编辑阶段，山内局长的自杀事件铺天盖地地报道出来。在报纸上披露的山内局长的经历中，我发现了生活保障行政负责人——"厚生省社会局保护科长"的职务，这成了我关注山内这位官僚的契机。

向知子女士采访什么？

知子女士一方是否有在电视上谈论丈夫的必要性？

坐在摇晃的大巴里，我这么思考着。不过，通过对死者的友人和相关人士的采访，我对山内丰德这个人的兴趣也与日俱增。

他活着的时候是什么样的？

他为什么而死?

我想从知子女士那里获得了解上述问题的线索。

　　那天，在放有山内遗像的祭坛前，知子女士给我看了一首诗，名为"可是"。我并不关心诗写得如何，但我在这首诗所表达的身为一个人类的纯粹，以及对丧失那份纯真的不安感中，闻到了死亡的气息。

　　我强烈地想去追踪将他引向死亡的53年的人生轨迹。

　　这是第一次拜访。

　　我对原定的节目内容做出了大幅度调整，是年3月12日节目以"可是……抛弃福祉的时代"为题播出。

　　制作纪录片时，先为人物贴上弱者和强者、善和恶等色彩标签进行区分，对于制作者来说是最为轻松的做法。

　　不容分说地将行政、官僚归类为作恶的一方，让善良的市民进行控诉。将企业归类为作恶的一方，站在消费者的立场进行描写。

　　将社会嵌入这种"简单图式"，反而会让一些东西变得模糊不清。山内丰德这位官僚，让我注意到了这一点。

　　他在"可是"这首诗中表达的思考和愿望，彻底颠覆了我心中的"官僚"这一概念。我震惊于高级官僚中竟有这种人的存在，并为他只能因此而走上死路一条感到愤懑不已，类似于这样的情绪直到节目制作完成还留存着。

　　节目播完后，我心中丝毫没有淡忘山内这个人。

　　10 月 29 日节目再次播放，看过片子的通草书房[1]老板久保则之先生联系我："能否把山内的故事写成书？"知子女士知晓后，爽快答应了。这就是本书出版的原委。

　　本书大量依据与山内知子女士所进行的交谈而成。她告诉我有关她丈夫的很多事，她似乎将这一过程当成了自我"疗伤"。通过她的言辞，有时可以窥见机关部门的冷酷，有时可以浮现这对夫妇的生活状态。

　　我多次拜访位于町田的山内宅邸，倾听知子女士的诉说，把她说的话记录在稿纸上。

　　于是，有了一本书。

　　我现在正在为这本书写后记。

　　在结束和山内丰德这一人物两年的接触后，和知子女士一样，我似乎也有了些许感觉——自己可以暂且和他说出"再见"二字了。

1992 年 11 月 3 日

是枝裕和

　　补记：本书中的人物职位、单位名称等均依据 1992 年 12 月单行本出版时的情况。

---

1. 出版社名，日文名为：あけび　房。——译注

山内丰德年谱

1937 年（昭和 12 年）	1 月 9 日 出生于福冈县福冈市野间畑田 599 番地。长子。父亲丰麿、母亲寿子。父亲为职业军人。11 月 搬至父亲驻地东京都中野区仲町，度过婴幼儿时期。
1943 年（昭和 18 年）6 岁	4 月 进入福冈市高宫国民小学。
1944 年（昭和 19 年）7 岁	4 月 因父亲赴任广岛而搬迁。6 月 3 日 父亲前往中国。
1945 年（昭和 20 年）8 岁	4 月 回到福冈，和祖父母生活，居于福冈市崛川町。转入春吉小学。母亲离开山内家。
1946 年（昭和 21 年）9 岁	4 月 21 日 父亲在上海战场病死（以陆军中佐身份授勋三等）。丰德接受祖父丰太基于儒教主义的严格家教。
1948 年（昭和 23 年）11 岁	在春吉小学同级生森部正义的影响下开始写诗。崇拜三好达治。

1949 年（昭和 24 年）12 岁	4 月 进入私立西南学院中学。也因西南学院为耶稣教类学校，爱读《圣经》，被称为"牧师先生"。该时期罹患骨髓炎。
1952 年（昭和 27 年）15 岁	4 月 进入福冈县立修猷馆高中，与友人伊藤正孝等人均为文艺部成员，埋头诗歌创作。
1955 年（昭和 30 年）18 岁	2 月 24 日 祖父丰太因病去世。 3 月 高中毕业。荣获为成绩优秀者颁发的修猷馆奖。 4 月 进入东京大学教养学部文科 I 类。赴东京在世田谷区代田租房居住，立志成为小说家。自第二年起为纪念"五月祭"，"东京大学学生新闻"开始公开征集小说。山内每年投稿应征，均落选。
1959 年（昭和 34 年）22 岁	3 月 于东京大学法学部（第二类公法课程）毕业。 4 月 1 日 进入厚生省（高级公务员考试 99 名考生中排名第二），分配至医务局总务科。
1961 年（昭和 36 年）24 岁	12 月 进入社会局更生科（从事残疾人保障更生工作）。
1963 年（昭和 38 年）26 岁	8 月 进入社会局保护科（从事生活保障行政工作）。

1966 年（昭和 41 年）29 岁	8 月 进入环境卫生局环境卫生科。兼任公害科科长助理，与公害科长桥本道夫等人共同制定"公害对策基本法"。 12 月 28 日 经厚生省上司新谷铁郎介绍与高桥知子相亲。
1967 年（昭和 42 年）30 岁	6 月 所属公害部公害科（兼任）。因该时期公务繁忙，骨髓炎复发。 8 月 3 日"公害对策基本法"公布、实施。
1968 年（昭和 43 年）31 岁	3 月 10 日 在知子娘家沼津举行婚礼（知子 26 岁）。 5 月 1 日 派往埼玉县民生部任福祉科长。搬迁至浦和市（现埼玉市）别所沼。积极开展老人福祉、残疾人福祉工作。
1969 年（昭和 44 年）32 岁	6 月 19 日 长女知香子出生。
1970 年（昭和 45 年）33 岁	10 月 1 日 新设同和对策室，山内任室长（兼任）。
1971 年（昭和 46 年）34 岁	5 月 1 日 回厚生省任职。分配至年金局年金科担任科长助理。搬迁至位于世田谷区上用贺的公务员住宅。 7 月 1 日 环境厅成立。

1972 年（昭和 47 年）35 岁	4 月 27 日 次女美香子出生。
1973 年（昭和 48 年）36 岁	7 月 27 日 就任厚生大臣（斋藤邦吉）秘书官事务员。是年邂逅前来向大臣申诉的"癫痫病协会"的松友了，以个人名义致力于癫痫病患者救助工作。
1974 年（昭和 49 年）37 岁	6 月 11 日 就任年金局资金科长。
1975 年（昭和 50 年）38 岁	5 月 6 日 就任儿童家庭局残疾福祉科长。
1977 年（昭和 52 年）40 岁	8 月 23 日 就任社会局设施科长。
1979 年（昭和 54 年）42 岁	1 月 23 日 就任社会局保护科长，再次从事生活保障行政工作。 7 月 6 日 就任环境卫生局企划科长。 9 月 出版考察福祉行政事业的著作《思考明天的社会福祉设施二十章》（中央法规出版社）。[1]
1980 年（昭和 55 年）43 岁	10 月 以爱丽丝·约翰逊的笔名在《福祉新闻》上开始连载《福祉国的爱丽丝》。连载受到好评，持续整整两年时间。
1981 年（昭和 56 年）44 岁	8 月 26 日 就任医务局总务科长。
1982 年（昭和 57 年）45 岁	8 月 27 日 就任大臣官房人事科长。

1. 根据正文判断，此著作的出版时间有误，应在以爱丽丝为笔名的连载结束后出版。为了尊重原著，此处未做修改。——译注

1985 年（昭和 60 年）48 岁	7 月 出版《思考福祉工作》（中央法规出版社）。 9 月 就任大臣官房审议官（负责年金）。
1986 年（昭和 61 年）49 岁	9 月 5 日 从厚生省调任环境厅，就任长官官房长（长官为稻村利幸）。
1987 年（昭和 62 年）50 岁	3 月 29 日 搬迁至町田市药师台。 9 月 25 日 就任自然保护局长。致力于解决冲绳县石垣岛白保新机场建设问题、长良川河口堰建设问题。
1990 年（平成 2 年）53 岁	2 月 北川石松就任环境厅长官。 7 月 10 日 就任企划调整局长。致力于全球变暖对策工作。 8 月 27 日 作为首席代表，参加联合国政府间气候变化专门委员会（IPCC）第四次全体会议（至 30 日，瑞典）。 9 月 28 日 东京地方法院就水俣病东京诉讼案提出庭外和解劝告。 11 月 30 日 北川长官决定视察水俣（12 月 5 日、6 日）。 12 月 5 日 突然去世，享年 53 岁。被授予正四位勋三等旭日中绶章，日期标注为是日。

本年谱的制作，尤其得到了山内知子女士、伊藤正孝先生的大力协助。

后记
（文库版）

自对山内丰德这位官僚的故事进行采访并制作成电视纪实节目以来，已经过去了十个年头。这部以"可是……抛弃福祉的时代"为题在深夜悄然播出的节目，是我初次独立策划，并从采访到编辑由一个人独立完成的作品。虽然我和他素昧平生，但较之在日后经历的所有采访，山内丰德这一人物给我留下了最为强烈和深刻的印象。不过，那并非完全出自该作品是我的处女作这一理由。最重要的是因为通过对山内故事的取材，发现了事物的本质，进而，他的经历带给我深度的自我变革。

究竟何谓采访？在制作该节目之初，我几乎没有任何导演经验，说实话，我并未真正理解采访这一行为的意义。现在也没有完全参透。我无法将其作为工作果断地下判断，对于高举社会正义和使命感的大旗也有着强烈的不适感，我究竟有没有权利将摄像机镜头对准他人？他们是否有义务将自己赤裸裸地展现在摄像机的镜头前？在诸如此类的自问自答中，我不由得对采访这一行为本身所包含的暴力性而感到惊恐。

然而，随着对山内事件的采访，读到他留下的诗歌和论文，我对取材对象山内产生了某种强烈的共鸣。只有 20 岁出头的我，对 53 岁的精英官僚在哪方面产生了共鸣和共情？其中之一，便是他挥之不去的焦躁感。在那如同神经质般在文章中各处奔走的急迫感中，我闻到了死亡的气息。现在回想起来，那也许是我的错觉，但是，那个时候我自己的身体内部的确感到了和他气味相同的焦躁感。那是我第一次有这样的体验。当我提起笔，开始用纪实的方式记录山内丰德这一人物，以及他们这对夫妻的生活轨迹时，那种共时性的自觉意识，令我确信那是只有我才能写的对象。

由十三章内容构成的这部作品，刻上了 20 多岁时我的愤怒以及其他形形色色的情感。可以说那是我借用山内先生的肉体和精神来进行的自我表达。那一刻我意识到，采访这一行为，就是以采访对象为镜子，记录镜中显现的自己。"他"并非有意图地出现，也并非总是能够出现，当我意识到"他"时，我体内的又一颗心脏已经在轻轻地跳动了，就是诸如此类的感觉。虽然那是受偶然左右的不期而遇，然而，作为结果所产生的共情关系却可以说总是带着必然性。当时我也领悟到，只有在这样的关系中与取材对象结合在一起，才能使得作品拥有力量。这是通过采访他的故事我收获的第一个发现。我意识到采访是用于发现自我的方法，这成了后来我被纪录片这一体裁所吸引的重要原因。

第二个发现，来自他生前留下的有关福祉事业的大量论文。他对统治福祉第一线的精神至上主义反复敲响警钟。他认为，对工作在福祉第一线的福祉机构社工提出"人格高尚""思想成熟"等道德上的要求，反证了对职业技能的轻视。将福祉机构社工自己的人生观和价值观强加于服务对象，结果会阻碍帮助服务对象自立。山内的这些堪称内部揭露的言论，严厉且振聋发聩。他的观点，不仅限于福祉工作的现场，也恰如其分地击中了诸如医疗、教育、警察等一直以来被称为"圣职"的职业。并且，轻视职业技能，全凭精神至上主义以及人的善意所造成的结果，恐怕就是在神话破灭之后，所有一切都停滞不前的日本社会的现状吧。在这一点上，山内先生的观点非常具有先见之明。

回头审视我所从事的视觉媒体，我不由自主地发现也完全可以这么断言。媒体躲在"社会正义"这一抽象的概念以及客观性这一不用承担责任的不具名言论的背后，从第三方的安全地带批判社会和时代。缺乏当事者意识的言论，果真是媒体应该发挥的作用吗？这种"正义"不正阻碍了观众自身的思考吗？传播者力图将本身未经检验的价值观强加于人的态度，根本无法建立与受众之间的健康交流。即便传播者试图传播的是和平或民主主义，倘若在此过程中不能反映自身的动摇，那也只不过是信仰而已，从中诞生的是用作宣传的图像，那种互动绝不可能产生"发现"。如何才能脱离腐朽的精神至上主义，并与对象建立以技术为支撑的健康关系？他的著作中有大量思考这一课题的启示。站在媒体这一职业的立场进行思考，是我自身作为媒体人亟待解决的课题。

在完成节目、写完纪实作品后，我还在持续思考一个问题：山内丰德这个人物，他是加害者，还是受害者？对于福祉而言的理想主义，不断被经济优先的现实主义所倾轧，我认为山内先生竭尽了他的所能，奋斗在福祉走下坡路的时代。作为一介官僚，在亲历福祉滑坡的责任方面，不得不说他是身处加害者一方的人物，与此同时，他又让人觉得是一个时代的受害者。我觉得他被两个矢量撕扯，活在身份的双重性中。至少，他在深受自身加害者属性折磨的同时，清楚地认识到了这一点。从他所给出的最后的结论中，我们也能加以推测。然而，这并不限于山内，这也意味着，当你谋求在当下这个时代、在日本这个国度生存下去时，无论是否愿意，都不得不背负这一双重性。我是这么认为的。只是大多数人难以正视这种精神上的加害者属性，因而选择了回避。

现在我所想的是，也许我们需要做的，是认识到我们活在这一双重性中，且不自暴自弃，并做好从那种状态中出发的心理准备。这是在采访结束后经过十年的时间，最近才终于达到的认知。我之所以至今仍着迷于山内先生，恐怕不是出自我在第一点的发现中所写的"与自己很像"的这种伤感的思绪，而是在他身上最切身地、最具体地体现出了"活在双重性中"的这一现代人的姿态。由于产生了这种认识，我对山内丰德这一人物的关注较之以前变得更加强烈、更加深刻。

进而，我们不应回避这一残酷的自我认识，必须学会如何应对双重性。我们必须带着某种自觉意识活在当下。这是我从山内先生的人生中，唯一发现的相反答案。

本书的各位读者，如果能和我一样透过山内丰德的生和死，在看待自己与自己的职业关系、职场上技术磨炼的方法，以及与这个时代相处的方式等方面时，能深化自己的思考，那么我将深感欣慰。从我自身而言，反反复复地追踪他的人生，从而有了林林总总的发现，并且加深了思考。在我心中，有关山内丰德的采访，现在依然在以不同的形式继续进行着。

2001 年 5 月 1 日

是枝裕和

解说
——与"可是"共情

本书于 1992 年以《可是……某福祉高级官僚走向死亡的轨迹》为题出版，2001 年更名为《官僚为何选择死亡 理想与现实之间》，以文库版面世。本次则是文库版的再版。

为什么现在再版 20 年前所写的追踪一位高级官僚人生轨迹的纪实性作品呢？

只要读一下本书，就会理解出版目的吧。

追随本书描述的"日本政府与水俣病与窒素与患者"的关系，会产生一种奇特的既视感，并不由自主地想起"日本政府与福岛核泄漏事故与东京电力与受害者"的关系。

事实上，"水俣"与"福岛"，两者相似得令人毛骨悚然。可以说，由我们所构成的日本社会，没有从"水俣"身上吸取任何教训，正因为"水俣"被遗忘了，所以我们对"福岛"无从防备。

本书通过过去的事件，敏锐地揭示了这一令人痛心疾首的事实。生活在"后 311"世界的我们，在被揭示出的相似性面前只能瞠目结舌，犹如读到自己过去写的日记，为自己没怎么成长而无语。

话虽如此，作者是枝裕和在写这本书的时候，并不知道20年后会发生福岛事故。本书令读者想起"福岛"，远远超出了作者的意图，换句话说，这是意外的收获。

不，甚至他在结果上所展现的"水俣"以及"福祉行政"的图景，对于是枝而言，也是一种副产品。换言之，无论是枝对"水俣"和"福祉行政"有着多么浓厚的兴趣，本书也不是为了描述那些问题而写的。他被山内丰德这个人物强烈吸引，因此无法避免地带着强烈的情感跌宕。

是枝与山内丰德这一人物的邂逅，发生在他有生以来第一次策划、编导的电视节目《可是……抛弃福祉的时代》的采访时期。

按照本书单行本的"后记"所述，他当初以"描绘生活保障的现状和问题"为目的，于1990年11月起开始拍摄工作。他以得不到生活保障而自焚身亡的原酒吧女为主要素材，打算控诉被抛弃的福祉行政的不合理性。是枝在接受某媒体采访时谈到自己的感想：

> 我想以被社会抛弃的"弱者"和政府机关这一"恶人"的二元论来制作节目。
>
> （新钟74 听一听早稻田！）

先预设主题——"我想表达什么"，随后围绕主题收集素材，这是控诉型、预定和谐型纪录片典型的制作方法。说得略微辛辣一点的话，倘若是枝没有遇到山内，按照当初的计划制作完成电视节目的话，很可能就是以一部随处可见的平庸作品而告终。当然，也就不会有这本书的出现。

可是……

1991 年 1 月 10 日，是枝突然邂逅了一个月前自杀身亡的山内。其契机是在本书中也多次引用的山内留下的一首诗歌《可是》。那首诗中充满"让水俣病患者深陷痛苦的冷酷的非人道官僚"这一司空见惯的"人种"的片段，它让是枝本人的人生观和世界观发生了剧烈动摇。

> 不容分说地将行政、官僚归类为作恶的一方，让善良的市民进行控诉。（略）
>
> 将社会嵌入这种"简单图式"，反而会让一些东西变得模糊不清。山内丰德这位官僚，让我注意到了这一点。
>
> 他在《可是》这首诗中表达的思考和愿望，彻底颠覆了我心中的"官僚"这一概念。
>
> （后记 单行本）

从这里开始便是是枝的过人之处。

他不顾制作流程"眼看到了最终编辑阶段"而"对内容做出大幅度调整"，对山内事件进行采访。结果，除了原酒吧女自杀事件，山内这一人物以及直至他自杀身亡的人生经历成了节目的中心内容。

从该纪录片于 1991 年 3 月 12 日播出这一点上来看，可以说是临近最后关头做出的果断转向。通常，这种做法十分危险且难以实施。何况这是一位有生以来第一次执导节目的新人导演。即便"在采访中邂逅甚至令自己世界观动摇的人物"，遇到了从天而降的"意外事件"，但由于胆怯而"装作什么都没有发生"的办法也有很多。为什么这么说，这是因为，与其为了从根本上重新拷问自己的世界观而去冒险，远不如按照当初的既定方案完成制作并"交货"来得安全、轻松，不存在任何风险。

按照我自己曾经制作电视纪录片的经验来看，在采取上述的安全策略时，可以找到太多的理由安慰自己。"弄不好会把结构搞得一团糟""如果现在重新制作的话，来不及播放了""假如早点遇到这个主题的话，就能放到片子里了"……就在这种不断自我宽慰并拒绝失败的过程中，堕落成了只是熟练地将镜头从左推到右的拍电视的机器。

然而，不简单的纪录片新人是枝，他没有无视与山内的命运般的邂逅，而是将这一邂逅视为重新审视自己价值观的契机。推倒了之前的节目内容后从头起步，由此完成的作品《可是……抛弃福祉的时代》，虽然是一部处女作，却荣获了"银河赏"[1]。

不过，这部纪录片在结构上存在着难点，它绝不是"完美的纪录片"。2009 年，在纽约的 BAM 艺术中心（BAM Cinematek）举办"是枝裕和回顾展"时，我在没有任何预备知识的情况下看了影片后，

---

1. 为表彰对日本的电视广播事业做出贡献的节目、个人、团体，日本放送批评恳谈会于1963年设立的奖项。是日本国内电视节目制作的最高荣誉。——译注

不由得产生了一个疑问。

"是枝先生，你为什么把官僚的话题和原酒吧女的话题放在一起？"

我之所以这么问，是因为我对这两个话题的衔接产生了移花接木的不自然印象。如果让我斗胆说一句的话，应该果断地割爱原酒吧女的话题，将故事集中在山内丰德身上，那样的话感觉会是一部更出色的作品。

为什么是枝没有那么做？

在了解了制作过程的今天，我可以推断他的理由。哪怕是如此优秀的是枝，恐怕也没有完全从当初的计划中解放出来，没有彻底改变方向。是枝对山内的关注和热情，可以说由于时间关系而"未能完全燃烧"。

不过，这一不完全燃烧，使得是枝转向了本书的执笔。在电视节目制作完成并播放结束后，是枝依然没能和山内"道别"，山内这个人物一直在是枝的体内余烬未灭，是枝必须以某种形式让他彻底燃尽。

节目播完后，我心中丝毫没有淡忘山内这个人。

10月29日节目再次播放，看过片子的通草书房老板久保则之先生联系我："能否把山内的故事写成书？"（略）

我多次拜访位于町田的山内宅邸，倾听知子女士的诉说，把她说的话记录在稿纸上。

于是，有了一本书。

我现在正在为这本书写后记。

在结束和山内丰德这一人物两年的接触后，和知子女士一样，我似乎也有了些许感觉——自己可以暂且和他说出"再见"二字了。

（后记 单行本）

是枝在本书中甚至追溯至山内的童年时代，缜密分析了山内遗留下的数量庞大的信件、诗歌、随笔、论文等。并且采访了包括知子夫人在内的诸多相关人士，和他们坦率交流。由于纸媒没有严格的交稿截止日期以及长度限制，他得以沉下心来伏案写作。

亚罗：您是怎么看待电视制作的，也就是拍片和写这本书的关系，以及它们的不同点？为什么决定写书？

是枝：嗯（沉思）……有几个理由。其实我本来就喜欢写作。我影片的结构，好像也是建立在书面文章结构基础上的。我认为作为影视作家这是一个弱点。制作电视节目时，47分10秒的长度中没有讲完山内先生的故事，这是天大的遗憾，我想以某种形式完整地呈现出来。正当我觉得写成书可能是最好的方式时，恰巧有人找到了我。首先，没有时间长度的限制，这是一个很重要的理由。

（山形国际纪录片电影节 Docbox#13）

以精心采访和大量取证为基础，以细腻、准确、沉稳的笔调，描绘了活生生的、立体的山内丰德这一人物形象。从读后感而言，读者犹如读到或观看了高质量的小说或戏剧、电影，产生了仿佛亲身结识了山内丰德，看到了他的内心世界的感触。是枝笔下的"山内丰德"，超越了虚构与纪实的区别，"人物的刻画"得以升华。

是枝裕和后来以纪实和虚构融为一体的独特手法进行电影创作，并驰名世界，这一端倪已经在本书中显露出来。

> 是枝：说到写作，无非是纪实还是虚构，我想写的应该还是虚构吧（笑）。当然，我的计划是通过查证资料、采访夫人、再现对话，写出纪实作品，但是，还是难免夹杂自己想要编入的故事。所以，我在想，纪录片这一体裁的另一端，站着一个想将自己的故事织入其中的我，这究竟是为什么？
>
> （山形国际纪录片电影节 Docbox＃13）

那么，为什么是枝裕和对实际上素不相识的山内丰德如此执着并为之倾倒？这个答案，就在他为 2001 年的文库版所写的"后记"中。

> 随着对山内事件的采访，读到他留下的诗歌和论文，我对取材对象山内产生了某种强烈的共鸣。只有 20 岁出头的我，对 53 岁的精英官僚在哪方面产生了共鸣和共情？其中之一，便是他挥之不去的焦躁感。（略）
>
> 由十三章内容构成的这部作品，刻上了 20 多岁时我的愤怒以及其他形形色色的情感。可以说那是我借用山内先生的肉体和

精神来进行的自我表达。那一刻我意识到，采访这一行为，就是以采访对象为镜子，记录镜中显现的自己。"他"并非有意图地出现，也并非总是能够出现，当我意识到"他"时，我体内的又一颗心脏已经在轻轻地跳动了，就是诸如此类的感觉。虽然那是受偶然左右的不期而遇，然而，作为结果所产生的共情关系却可以说总是带着必然性。当时我也领悟到，只有在这样的关系中与取材对象结合在一起，才能使得作品拥有力量。这是通过采访他的故事我收获的第一个发现。我意识到采访是用于发现自我的方法，这成了后来我被纪录片这一体裁所吸引的重要原因。

我前面提到，在是枝邂逅山内这一人物时，他完全可以无视山内，按照当初的结构来完成制作。从通常的角度来考虑，这才是轻松的万全之策。

但是，他没有选择那条路。就像山内所写的《可是》这首诗那样，是枝也是嘴上说着"可是"，行动上将节目重新做了一遍。

是枝制作《可是……抛弃福祉的时代》这部电视纪录片本身，就是对抗泛滥于电视制作中的现实与理想之间的对立，是宛如"可是"一般的行动。

根据上述的山形电影节的采访，"想在影视行业工作"的是枝，20世纪80年代后期进入电视人联合会公司（TV MAN UNION），随后他感觉"上当了"！对60年代拍摄的充满探索精神的电视纪实片满怀憧憬的是枝，目睹80年代的电视行业充斥"企业对利润的追求"，制作的电视节目毫无趣味。他担任助理导演期间，每天在前辈的责骂声中度过，"感觉自己逐渐变得枯竭，越来越乏味"，他不由得产生疑问："这样下去，自己究竟能成长为什么样的导演？"

这一时期，是枝所处的困境，与山内丰德所遭遇的困境——一方面对福祉行政倾注了满腔热情，另一方面陷入不得不为国家辩护的痛苦，最后只有选择死亡——如出一辙。

当然，是枝没有选择死亡，他找到了职场外生存的另一条生路。他背着公司将"可是……"的计划交给了自由氛围尚存的富士电视台的"NONFIX"节目组。这一选择，用是枝的话说，与其说是"抗争"，不如说是"逃跑"。当然，也可称之为不随波逐流，是"忠实于自身的人生态度和自身的生活逻辑"的尝试。

> 是枝："抗争"听上去很酷，事实上是我逃跑了。把自己担任助理导演参与的电视节目做得更有趣一些，我真的觉得能这么想的人很了不起，可我选择了逃跑。我一边在一定程度上参与公司的节目制作，一边快速地朝着自己制作影片的方向发展，如果说这么做有点卑鄙的话，也确实有点卑鄙。
>
> （山形国际纪录片电影节 Docbox#13）

找到了"生路"的是枝，边将自己投影在没有找到"生路"而选择死亡的山内的人生上，边制作电视节目，并执笔了本书。在这一过程中，他发现记录山内的生活方式，就是记录自己的生活方式。

"后记"的文章，我认为，记录的是是枝所思考的"纪录片是什么""如何表达"等问题的核心。作为表达者，是枝裕和的重要基础，难道不是在为本书的写作进行拼搏的过程中所形成的吗?

正如是枝一语道破的那样,所有纪录片或者说非虚构类作品,或多或少都是借助他人的"肉体与精神"所进行的自我表达。事实上,甚至现在我即将写完的这篇简短的"解说",在写作时我所凭借的是从是枝的精神中发现的"与自己相同的气息"。从这层意义上而言,本稿斗胆借用了是枝裕和这个人物来进行我本人的自我表达,我不得不承认,其中存在着"通过叙述以叙述山内来进行自我表达的是枝的叙述来表达自我",这种说法虽然有点饶舌,却是幸福的套匣式结构。

是枝裕和通过制作电视处女作和写作本书,很早发现了这些"重要的事情"。而这些发现,是在他发出"可是"的声音,与现实进行抗争,勇敢直面自己世界观的动摇,经历拼搏后,最终才得以产生的。

作为舍身拼搏的副产品,20年前所提取的"水俣"的构图,不容分说地令活在21世纪的我们联想起"福岛"事故并深受震撼。本书不仅不陈旧,而且它为现代的日本所需要,在它作为文库版复活的这一事实面前,无论是作者是枝,还是在另一个世界的山内,内心一定充满复杂的思绪。

电影作家 想田和弘

本中文版本根据2014年3月PHP研究所以1992年12月通草书房出版的《可是……某福祉高级官僚走向死亡的轨迹》为蓝本所发行的文库本《云没有回答》译出。